AF281760

Denise Hunold

MANIE

Psychothriller

Denise Hunold

MANIE

Psychothriller

Roman

Impressum

Bibliografische Information der Deutschen
Nationalbibliothek:
Die Deutsche Nationalbibliothek verzeichnet diese
Publikation in der Deutschen Nationalbibliografie;
detaillierte bibliografische Daten sind im Internet
über http://dnb.dnb.de abrufbar.
Die automatisierte Analyse des Werkes, um daraus
Informationen insbesondere über Muster, Trends und
Korrelationen gemäß §44b UrhG („Text und Data Mining")
zu gewinnen, ist untersagt.

© 2025 Denise Hunold (Halle/Saale)
Auflage: Nr. 3
Lektorat: G. Boggasch
Korrektorat: D. Hunold
Covergestaltung: D. Hunold

Verlag:
BoD · Books on Demand GmbH, Überseering 33,
22297 Hamburg, bod@bod.de
Druck:
Libri Plureos GmbH, Friedensallee 273, 22763 Hamburg
ISBN: 978-3-7693-1426-7

Angst ist der Verzicht auf Logik.

Für all diejenigen, die
dem Unvorhersehbarem hinterherlechzen.

Vorwort

Schon als Jugendliche habe ich die Welt des Schreibens für mich entdeckt und experimentierte in Form von Liebesromanen.

Mein Debütroman „Das Jahr ohne Sonne" aus dem Jahr 2024 war nicht nur ein erster Schritt in die Öffentlichkeit, sondern auch eine persönliche Reise, die meine Leidenschaft für das Schreiben neu entfacht hat.

Als Schriftstellerin kann ich meine Kreativität entfalten, indem ich fesselnde Handlungsstränge webe und emotionale Tiefen erschaffe. Es ist wie eine Reise ins Unbekannte, die mich immer wieder fordert und zugleich begeistert.

Anmerkungen der Autorin

Alle Ereignisse in diesem Buch sind selbstverständlich frei erfunden und meiner Phantasie entsprungen. Jede Ähnlichkeit mit lebenden oder toten Personen, mit Ereignissen und Orten ist vollkommen zufällig.

KAPITEL 1

Gegenwart - 18. November 2024

Zäher Speichel lief ihm im Mund zusammen, indess sein Puls heftig gegen seinen Kehlkopf schlug. Ihm war schwindelig, aber er war süchtig nach diesem anrüchigen Karussell in seinem gestörten Schädel. Nach diesem verdorbenen und schier nicht zu kontrollierenden Rausch.

Nach dem ultimativen Kick.

Dieser Teil in ihm wollte sich am lodernden Feuer verbrennen und musste die Grenzen überschreiten. Schließlich musste in seinem tiefsten Inneren seine eigene, abnormale Realität wiederhergestellt werden. Nur so befand er sich in seiner Höchstform und im Gleichgewicht mit dem Außen.

Er hatte versucht dagegen anzukämpfen - kompatibel zu werden - und Teil der Gesellschaft zu sein. Auch die laufende Therapie sollte zur Normalität beitragen – aber sie hatte wohl bisher nicht angeschlagen, redete er sich ein und lobte sich dennoch, dass er überhaupt noch an diesen Therapiestunden teilnahm.

Nachts lag er stundenlang wach und versuchte sich mit billiger Selbsthilfe-Literatur und Podcasts zu blenden. Dieser eine winzige Teil wollte normal sein. Ein normaler Mann mittleren Alters, der heiraten und seine Familie gründen würde.

Aussichtslos, würden die selbsternannten, psychologisch angehauchten YouTuber diesen Zustand wohl eher beschreiben. Dennoch ließ er sich regelmäßig davon berieseln und wahrte den Schein seiner eigenen, laufenden Therapie.

Gunnars Herz raste und die pulsierenden Gefäßäste an seinem Hals hatten sich gut sichtbar mit Blut gefüllt.

Er fühlte sich mächtig und selbstbewusst – ein Gefühl, zu dem er nur selten fand.

Er war zu allem fähig und überdies gut vorbereitet. Sein Traum sollte noch ein weiteres Mal in die Realität finden.

Er roch streng und ungepflegt. Schwitzte seine männlichen, entarteten Hormone aus, die er in seinem Körper verschlossen halten musste, um sich und andere zu schützen. Nun fühlte er sich wieder wie ein Mann. Widerstandfähig und komprimiert auf sein Innerstes, was schon längst ausbrechen wollte. Fast achtsam regulierte er seinen Atem und wurde ruhiger. Er wusste, er hatte es geschafft.

Endlich war sie bei ihm. Diese schöne feminine Gestalt, die er schon seit Wochen nicht mehr aus seinem Kopf bekam.

Nachts hatte er oft an sie denken müssen, nachdem er sie tagsüber auf ihrem Weg zur Arbeit unbemerkt gestalked hatte.

Nun lag sie regungslos in seinem Keller, den er nur für sie hergerichtet hatte. Ein Ort voller Möglichkeiten – ihr neues zu Hause.

Sie hatte sich noch wehren wollen – wie absurd! Mit seinen knapp zwei Metern und schlappen neunzig Kilo war er ihr mehr als überlegen.

Aber bald würde sie erkennen, wie gut sie es bei ihm haben würde...dachte er.

Er war vorbereitet und war im Begriff diesen Teil seines Lebens mir ihr zu teilen.

Ihr blumiger Duft klebte noch immer in seiner Nase und er wäre am liebsten sofort zu ihr gegangen. Neben alledem war er noch immer geradezu beflügelt von ihrer wilden Zappelei und den garstigen Tritten gegen sein Schienbein.

Aber jede noch so kleine Schramme, die er durch sie erlitt, geilte ihn ein anderes Mal wieder auf.

Er wollte genau das.

Das war seine Balance und seine Liebe, die er zu geben hatte.

KAPITEL 2

23. September 2022

Das massive Gerichtsgebäude inmitten des Marzahner Bezirks stach wie ein antikes Museum aus den modernen Plattenbauten hervor und wirkte ähnlich beeindruckend, wie dessen aufwändig bepflanzter Grünstreifen.

Im Obergeschoss sollte heute im Gerichtssaal 2.3.1 die Verhandlung des Angeklagten Gunnar Lehmann stattfinden.

Ein großer, durchschnittlicher Mann Mitte vierzig und einem eher ungewollten Dreitagebart. Er legte wenig Wert auf sein

Äußeres. Zur Urteilsverkündigung erschien er in einem ausgedienten, knittrigen Holzfällerhemd, dessen Farbe man nur noch erahnen konnte, so ausgeblichen war es. Vermutlich leuchtete es früher einmal in einem modernen Bordeauxton. Auch seine Sneaker hatten die besten Tage schon hinter sich gebracht und seine schwarze Jeans, besaß nicht nur an den Knieflächen ausgeblichene, fast gräuliche Verunzierungen.

Gunnar Lehmann schien sich seiner Taten nicht ganz bewusst zu sein. Zumindest hatte das psychiatrische Gutachten es so dargelegt.

Schuldunfähigkeit bei paranoider Schizophrenie und dem Verdacht auf Wiederholungtat, waren die Worte der Richterin heute.

Geschlossener Maßregelvollzug für mindestens achtzehn Monate, hatte sie nach nur wenigen Sitzungen und einem eher schmalen Gutachten beschlossen.

Im Gerichtssaal befanden sich gerade einmal zwei Polizeibeamte, die den Fall betreut und aufgeklärt hatten. Eine überschaubare Gruppe Angehöriger der Geschädigten sowie die behandelnde Psychotherapeutin des Angeklagten saßen wartend in dem alten, holzvertäfeltem Saal. Die Bretter rochen nach Wachs und Politur und waren damit das einzige, was von dem einst edlen Saal übriggeblieben war. Farbe blätterte von den Wänden und ein Geruch von Zerfall lag in der Luft. Hier wurde offensichtlich gespart, anstatt in den Erhalt zu investieren.

Der Angeklagte schien keine Angehörigen zu haben. Zumindest hatte sich keiner die Mühe gemacht, ihm dort beizustehen und auf ein mildes Urteil zu hoffen.

Gunnars Mimik ließ ein kleines Maß an Zufriedenheit vermuten, obwohl das Strafmaß mit achtzehnmonatiger Unterbringung in eine forensische Einrichtung nicht wenig war.

Versteinert klebte sein Blick am Pult der Staatsanwaltschaft, als er einen Blick zur Geschädigten wagte.

Seine Therapeutin, die bei den Verhandlungen stets vor Ort gewesen war, um sich einen Überblick über die strafrechtliche Situation ihres Patienten zu machen, wirkte nicht überrascht, als Richterin Ammers das Urteil verkündete. Wie so oft griff Paragraph Vierundsechzig des Strafgesetzbuches und Claudette Angerstein, die als qualifizierte und angesehene Psychotherapeutin galt, roch den Berg Arbeit, der damit auf sie wartete. Dieser Gesetzestext regelte die Unterbringung und Therapie solcher unzurechnungsfähiger Straftäter, wie er es offenbar war.

Bei akuten Fällen mit Schuldunfähigkeit und Vorliegen einer psychischen Erkrankung, war sie die Expertin. Nicht zuletzt auch wegen ihrer Tätigkeit als forensische Beraterin.

Claudettes *Praxissitz* – wenn man das so nennen konnte - war ein abgesonderter Bereich in der forensischen Einrichtung und damit im ältesten Teil der Psychiatrie untergebracht. Vor elf Jahren übernahm sie hier die Leitung und übernahm damit zunächst die schwierigen Fälle.

Als Gunnar von zwei Gerichtsdienern aus dem Saal geführt wurde, sortierte sie ihre Unterlagen in die antiquitäre Diplomatentasche und schaute ihm einen Augenblick lang nach.

»Hey Claudette, was sagst du zum Strafmaß?«, wollte einer der beiden Polizeibeamten wissen und lehnte sich neugierig über den Tisch.

»Hallo Kai. Hey Tom«, begrüßte sie die beiden, während sie den Gurt der Tasche über ihre Schulter zog.

»Ich denke, hier liegt noch viel Arbeit vor mir. Seine genaue Diagnose konnte ich nämlich noch nicht stellen, aber das Gutachten klingt spannend«.

»Ich muss jetzt leider los. Ich habe noch zwei Patienten, die auf mich warten«, fügte sie rasch hinzu und verschwand schnellen Schrittes aus dem Gerichtsgebäude.

KAPITEL 3

Gegenwart - 28. November 2024

Gerade hatte er seinen Therapietermin bei Dr. Claudette Angerstein absagen wollen.

Sie verstand ihn nicht und er kam nicht voran.

Und ganz allgemein fühlte er sich der zierlichen Frau überlegen. Mit diesem fast apodiktischen Gefühl konnte er sich nur schwer öffnen, wie sie immer so schön sagte.

Normalität und ein friedliches Leben hatte er sich vorgestellt. Während seines stationären Aufenthaltes in der Klinik blieb sein Verhalten zumeist unauffällig, was sich schlussendlich positiv für eine ambulante Fortsetzung seiner Therapie ausgewirkt hatte. Selbst an den albernen Basteltherapien hatte er sich regelmäßig beteiligt und fleißig Körbe geflochten. Auch die ihm verordnete Pillenration, die einer bunten Smartie-Kollektion glich, hatte er artig geschluckt.

Während dieser Zeit schien sein Drang eine Schönheit sein Eigen zu nennen unmerklich eingefroren zu sein. Sein Interesse am weiblichen Geschlecht hatte merklich abgenommen und das sogar, ohne, dass er bemerkt hatte.

Ambulant lief es jedoch entspannter und auch das täglich-routinierte Beschäftigungsprogramm der Klinik war abgeschlossen. Ob es erfolgreich war – danach schien sich keiner zu erkundigen.

Vielleicht waren es aber auch die vielen Pillen, die sein Innerstes im Zaum hielten. Genau wusste er es nicht und so hinterfragte er die einst blockierten, alten Phantasien in seinem Kopf nicht weiter, die unmerklich und schleichend wieder Einzug hielten.

Frau Dr. Angerstein bohrte in seiner Vergangenheit und gab sich große Mühe, diesen verschlossenen und tief verborgenen Teil in ihm freizulegen, um das grausige Erlebte, was dahinter lag ein für alle Mal aufzulösen.

Aber sein krankes Gedächtnis glänzte förmlich von Erinnerungslücken und wirren Phantasiebildern, auf die selbst er sich keinen Reim machen konnte. Nur punktuell und in einsamen Momenten, kamen diese schmerzenden, nervenaufreibenden Gefühle zur Oberfläche und vermittelten ihm einen Hauch von dem, was er als kleiner Junge erlebt haben musste. Schweißige Hände, feuchte Augen und ein kurzer Adrenalinschub zerrten seine Emotionen zurecht, bevor er sich in der Gegenwart wiederfand.

Manchmal fühlte er in diesem plötzlich aufkommenden Gefühlschaos eine schier unbeschreibliche Angst, bevor der andere, sichtbare Teil ihn ihm wieder klarer wurde.

Trotz alle dem hatte seine poststationäre Wiedereingliederung in den Alltag des Lebens Erfolg.

Nach nur wenigen Wochen, bekam er eine unterbezahlte Halbtagsstelle bei einem kleinen Caravan-Fachhandel und begann sich sein neues, *therapiertes* Leben zu gestalten…

*

Dr. Angerstein, hatte ihn seit dem Prozess vor zwei Jahren täglich begleitet- Dennoch hatte sie in den vergangenen Therapiemonaten nur spärliche Informationen über seine offenbar schwerwiegende Kinderzeit erhalten. Sein eigens errichteter Schutzmechanismus glich einem

Hochsicherheitstrakt und ließ die schlimmen Erinnerungen fest unter Verschluss.

Deshalb wusste sie noch nicht viel über diese Zeit, sodass sie sich weiter wöchentlich zu Einzelsitzungen trafen.

Gunnar war ganz ohne einen unterstützenden Freundeskreis und Geschwister aufgewachsen. Und auch heute war er stiller Einzelgänger.

Bestenfalls berichtete er von unterschiedlichen Gefühlen, die ihn überrannten, wenn er an seine Eltern auch nur dachte. Mal war es Wut, die er nicht weiter zuordnen konnte. Ein anderes Mal sprach er von Hass. Es schien undenkbar, vereinzelte Erlebnisse klar darzustellen. Es fehlte jede Erinnerung daran.

Und so sprachen sie über die aktuellen Momente und Ereignisse in seinem Leben. Der Druck, den er verspürte, wenn er in seinem Alter ohne eine Partnerin leben musste. Und dann war da noch diese Lust, die ihn manchmal unkontrolliert überkam und ihn zu lenken drohte. Die Sehnsucht nach diesen lieblichen Düften, wenn sie sich schön machten wuchs.

Mit Claudettes Hilfe hatte er es geschafft, auch noch nach dem Klinikaufenthalt, dagegen zu halten und gesunde Normalität in seinem Alltag zuzulassen. Nichtsdestotrotz konnte auch sie nicht erahnen, wie stark dieser Antrieb wirklich war.

Etwas in ihm ließ Abweichungen nicht zu. Viel zu sehr liebte er das Katz-und-Maus-Spiel und die grenzenlose Macht, die er sich damit gab.

Von seiner neuen Bekanntschaft hatte er ihr noch nichts erzählt.

KAPITEL 4

16. November 2024

Es war kurz nach sechs Uhr morgens, als Anika ihre kleine Zweizimmerwohnung abschloss, um zur Arbeit zu gehen.

Bis zur nahegelegenen Bushaltestelle begleitete er sie jeden Tag – unbemerkt natürlich.

Heimlich fotografierte er sie und ergötzte sich später an den unzähligen semischarfen Schnappschüssen, als wären es kleine Trophäen.

Als wartender Fahrgast, stand er immer wieder unbemerkt direkt hinter ihr in dem kleinen, plakatverzierten Wartehäuschen. Mit geschlossenen Augen, wartete er, bis der süße Duft von Parfüm, Haarspray und ihrer zarten Haut in seine Nase kroch. Sie war besonders.

Sie war die Richtige.

Lea – so nannte er sie- war umhüllt von einer blonden, lockigen Mähne, die sie gern zu einem Dutt zusammensteckte. Kleine lose Strähnchen wehten im Wind, während er jede ihrer Bewegungen einsog.

Im Gegensatz zu den restlichen, recht adrett gekleideten Fahrgästen war sie etwas kräftiger. Aber genau das war es, was er so sehr an ihr mochte. Knackige Waden und einen fülligen, runden Hintern, der unter ihrem Trenchcoat umherwackelte, brachten ihn in Wallungen, wenn er ihr unbemerkt folgte. Zudem machte sie sich auch keine große Mühe, ihre üppige Oberweite zu verbergen. Und so schielte er immer wieder unauffällig zu ihr hinüber.

Das machte ihn rasend! Lea war ein Unikat. Sein Unikat.

Beinahe fünf Wochen lang beobachtete er sie und meinte sogar, ihre Tagesform erkennen zu können.

Er war geradezu fasziniert von ihren unterschiedlichen Launen und den vielfältigen Gesichtern, die sie dann auflegte. Wie ein kühler Schatten lief er hinter ihr her und inhalierte ihre femininen Pheromone, während ihre weiblichen Bewegungen seinen Rausch nur noch ergänzten und schließlich multiplizierten.

Schließlich verliebte sich Gunnar in ihre zarte Stimme, wenn sie Sprachnachrichten mit ihrem Handy aufnahm. Ein schlichtes Handycase mit einem „A" in altdeutscher Schrift zierte das Gerät.

Er hätte sie berühren können; wagte es jedoch nicht. Es war noch nicht so weit. Es sollte perfekt sein.

*

Wartend und gelangweilt stand sie heute an der Bushaltestelle und knabberte unauffällig an ihren Fingernägeln. Wieder einmal mehr atmete er tief ein und schloss die Augen, um sich ihr nahe zu fühlen.

Kurz darauf fuhr der Bus vor und er beobachtete, wie ihre begehrenswerte Gestalt in dem überfüllten Fahrzeug verschwand. Manchmal trafen sich ihre Blicke, wenn sie einen Sitzplatz direkt am Fenster bekommen hatte. Doch dieses Mal reichte es nur für einen Stehplatz inmitten der Menge, sodass er dem Bus fast melancholisch hinterherschaute.

*

Seine Gedanken waren zwiegespalten. Einerseits wollte er der typische und in die Gesellschaft passende Mann aus der Nachbarschaft sein, doch der andere Teil ächzte ihr gierig nach und hatte Mühe, eben so normal zu sein.

Fast täglich steckte Gunnar in den Vorbereitungen für sein neues Projekt, welches ganz und gar Lea zu Gute kommen sollte.

Schon früher hatte er sich den urigen Keller in seinen Gedanken gemütlich und wohnlich vorgestellt. Ein kleines, geheimes Fleckchen für seine Hobbies.

Und so zimmerte er die komfortable Höhle unter seinem Elternhaus – nur für sie.

Weil Lea häufig Blautöne trug, gestaltete er auch den Kellerraum in einem frischen himmelblau. Seine Erfahrung hatte ihn gelehrt, dass Gitterfenster wohl nicht optimal waren, sodass er die Fenster – zumindest von innen – zugemauert hatte. Von außen blieb alles unverändert. Sogar ein kleines Überbleibsel an Ranunkeln wuchs noch dicht aneinandergereiht direkt vor dem Pseudofenster.

Schlussendlich hatte er aus den Zwanzig Quadratmetern einen kleinen Wohnraum geschaffen.

Ziemlich am Ende des Kellerzimmers befand sich ein großes, weißes Bett mit einem dominanten und mit Ornamenten verzierten Kopfteil. Man könnte meinen, ein Hauch von Nostalgie lag über der blauen Höhle, wo inmitten der vier Wände ein ovaler Esstisch, dessen Lack sich sprichwörtlich verkrümelt hatte, mit zwei antiken Holzstühlen Platz fanden. Unweit des Bettes füllte eine weiße Baumarktküche die Wand. Auch ein neues Porzellanwaschbecken hatte er angrenzend an die Küchenzeilen angebracht und mit einem Duschvorhang, als Raumtrenner ausgestattet.

Ein paar alte Bücher aus seiner Kinderzeit und DDR-Gesellschaftsspiele in vergilbten Kartons rundeten diesen Raum schließlich ab.

Obendrein hatte er über Monate eine Vogue-Sammlung angeschafft, weil er diese Zeitschrift oft aus ihrer Handtasche herausblitzen sah.

Gunnar war aufmerksam – sehr aufmerksam.

KAPITEL 5

18. November 2024

Lea hieß eigentlich Anika. Sie hatte sich während ihrer Ausbildung zur Krankenschwester eine kleine, möblierte Wohnung in der Nähe des Kreiskrankenhauses angemietet – bezahlbarer Wohnraum war im Berliner Zentrum schwer zu finden – vor allem, wenn man sich das Klientel selbst aussuchen wollte.

Ihre Ausbildung hatte sie vor knapp zwei Jahren - mit Anfang Zwanzig begonnen und hoffte auf eine Übernahme, um in der Stadt bleiben zu können.

»Ja Vati, ich rufe dich an, sobald ich das Ergebnis habe«, versprach Anika ihrem Vater, bevor sie das Telefonat hektisch beendete.

Sie war spät dran, weil das Gespräch mit ihrem Vater unerwartete lange gedauert hatte.

Ihre Frühschicht auf der Kinderstation begann um sechs Uhr morgens und um diese Zeit fuhren die Busse nur zweimal die Stunde.

Anika griff nach ihrem Rucksack und huschte aus ihrer Wohnung, bevor sie schnellen Schrittes Richtung Haltestelle lief. Zwischendurch scrollte sie noch einmal ihre Nachrichten auf dem Handy durch, als sie plötzlich die Sicht auf das Display verlor. Ein dunkler Schatten schob sich vor ihr Gesicht und ein feuchtes, übelriechendes Stück Stoff drückte sich fest auf ihre Nase. Noch bevor sie loslaufen konnte, umfasste etwas ihre Taille und zog sie in den Schatten. Sie versuchte ihren Körper aus den Armen zu drehen - vergeblich.

Instinktiv schlug sie auf den kräftigen, haarigen Arm, der sie umklammerte. Bei dem

Versuch ihren Körper aus diesen Armen zu drehen, versagten schleichend ihre Muskeln. Sie wollte noch schreien, aber der stinkende Stoff reichte bis über ihren Mund und ihre Lippen waren bereits taub und bewegungsuntauglich. Anika sackte zusammen und verlor das Bewusstsein.

*

»Herr Lehmann, schön, dass es heute geklappt hat«, sagte die Therapeutin, während sie die Tür des Beratungsraums hinter sich schloss und auf dem olivgrünen Polstersessel Platz nahm.

Neben ihr stand ein kleiner, barocker Beistelltisch mit zwei Papierstapeln, aus denen sie vorsichtig einen Schreibblock herausfischte.

»Mit welchen Themen kommen sie heute zu mir? Wie ist es ihnen mit den neuen

Verhaltensweisen, die wir besprochen haben, ergangen?«, wollte sie wissen und schaute zu ihm rüber.

»Es geht mir besser. Die letzten Tage waren sogar recht angenehm für mich und ich hatte nicht mehr das starke Bedürfnis zwingend eine Freundin haben zu wollen. Wissen sie, was ich meine?«

Mit übereinandergeschlagenen Beinen saß er in dem schicken Designerstück der Klinik und das perlrosane Polster stach unter seinen beigen Hosenbeinen hervor.

Er war gekleidet, als würde er noch einen geschäftlichen Termin oder eine festliche Veranstaltung besuchen.

»Das hört sich gut an. Wie kommen sie mit dem inneren Druck, den sie hin und wieder spüren zurecht?«, wollte sie wissen und schien sich sogleich etwas zu notieren.

Der Druck, wie sie es nannte, waren seine düsteren Momente.

Die Momente gegen die er ankämpfen musste. Er wollte das hier längst hinschmeißen, sich dieses zeitraubende Gequatsche ersparen und endlich dort sein, wo all seine Schulfreunde schon waren. Aber dieser Therapiemarathon war fester Bestandteil seiner Auflagen.

»Es war ganz gut in den letzten Tagen. Ich gehe wieder schwimmen und habe angefangen mein Haus zu verschönern.«, gab er desinteressiert zurück.

»In Ordnung. Dann lassen sie uns noch einmal versuchen, tiefer in ihre Kindheit zu schauen. Ich denke das wird uns helfen, weiter voran zu kommen.«

Sie vernahm einen tiefen Seufzer und notierte sich einige, wenige Worte.

»Herr Lehmann, beim letzten Mal erwähnten sie, dass es strenge Regeln in ihrem Elternhaus gab. Möchten sie mir vielleicht mehr darüber erzählen?«, fragte sie höflich und neigte ihren Kopf fragend zur Seite.

Dieses Thema war das rote Tuch, was sich schon seit Monaten durch diese tiefenpsychologische Arbeit zog und ohne Ergebnis blieb.

Frau Angerstein war Spezialistin auf dem Gebiet der analytischen Therapie und wahrscheinlich auch seine letzte Hoffnung – sofern das hier überhaupt ernst nahm.

Schweigend inspizierte er das Zimmer, während Frau Angerstein geduldig wartete.

Die cremefarbenen Wände ihres recht altmodischen Zimmers waren geradezu tapeziert mit Auszeichnungen und Zertifikaten. Auch einige Zeitungsartikel schmückten die massiven Holzbilderrahmen. Sie sprachen Bände über ihre Arbeit, die sie bei der Polizei und auch der Klinik geleistet hatte.

»Ich kann mich nicht mehr so gut erinnern. Und sie wissen doch, dass mir immer schwindelig wird und ich kaltschweißige Hände bekomme, wenn ich von meinen Alten spreche. Es war eben keine gute Zeit.«

Wieder schrieb sie etwas auf ihren Block.

»Ja darüber haben wir schon ausführlich gesprochen. Können sie sich vielleicht an eine der Regeln erinnern?«, wollte sie wissen.

Er fuhr sich durchs Haar und wandte den Bick erneut ab.

»Nein, nicht wirklich. Was soll das bringen?«

»Nun ja, wenn ihnen eine der Situationen aus der Kindheit wieder einfallen würde, kämen wir vielleicht an ein paar tieferliegende Gefühle heran. Damit könnten wir versuchen eine Verbindung zu ihren heutigen Sehnsüchten oder Zwängen herzustellen«, verstehen sie, was ich damit sagen möchte?

Frau Angerstein schien sich etwas aufzumalen und blätterte kurz darauf in ihren Unterlagen zurück.

»Sie sprachen in einer der letzten Stunden davon, dass es ihrer Ansicht nach unangebrachte

Strafen bei schlechten Noten oder Zuspätkommen gegeben hatte. Vielleicht können sie noch einmal in die Situation eintauchen und mir davon erzählen?«, versuchte sie ihn zum wiederholten Male zu motivieren.

Gunnar schwieg und sein genervter Gesichtsausdruck formte sich zu einer grimmigen Mimik.

»Ich verstehe nicht, was das bringen soll! Meine Eltern habe ich Jahre nicht gesehen. Ich weiß nicht einmal, ob sie noch in Berlin leben.«

»Herr Lehmann, das verstehe ich. Geben sie mir doch nur einen kleinen Einblick in einen ihrer Kindheitsnachmittage… Beispielsweise, wenn sie aus der Schule gekommen sind. Was halten sie davon?«.

Gunnar wischte sich mit der flachen Hand übers Gesicht, rieb sich die Nase und rutschte noch einmal tiefer in den Sessel hinein.

»Wenn ich schlechte Noten mitbrachte, gab es Prügel. Das sagte ich ihnen schon.«

Sie sah ihn nicht mehr an, sondern kritzelte auf ihrem Block herum und wartete auf die Fortsetzung seines Satzes.

»Sehr gut. Da sind wir richtig. Versuchen sie sich an diese Situation zu erinnern. Wie ging es weiter?«.

Die Anspannung im Raum nahm zu und Gunnar rutschte unruhig in dem Sessel umher. Seine Blicke hasteten unruhig durch den Raum und seine Hände suchten nach einer Möglichkeit, den einem Verhör ähnelnden Dialog, besser zu ertragen.

Schließlich begann er nervös mit dem Zeigefinger, an der Naht der Armlehne herumzuschnipsen.

»Ich will nicht weiter darüber sprechen. Ich hasse sie einfach und ich bin froh, dass sie weg sind und ich sie nicht mehr ertragen muss!«

Sie nickte.

»Wir haben Zeit. Vielleicht kommen wir in der nächsten Stunde etwas weiter. Was denken sie?«

»Ja das wäre gut!« entgegnete er forsch, als läge der Erfolg dieser Therapiesitzungen an ihr allein.

KAPITEL 6

Anikas Kopf hämmerte unaufhörlich und ihre aufgedunsenen Augenlider klebten zusammen, als hätte ihr Körper Wochen im Koma gelegen. Langsam wurde sie wach und studierte die fremde Umgebung. Ein stechender Schmerz in der Stirn zwang sie immer wieder, ihre Augen für einen Moment zu schließen.

Vorsichtig setzte sie sich auf und rieb sich ihre geschwollenen Lider, die wie von heißer Glut getränkt, brannten.

Ihr Herz schlug ihr bis zum Hals, als sie sich mühsam erinnerte, was ihr passiert sein musste.

Jemand hatte sich versteckt und sie im Dunkeln überwältigt. Tränen schossen ihr in die Augen, als sie ein zierliches, goldenes Fußkettchen an ihrem Knöchel aufblitzen sah. Langsam zog sie ihren Fuß zu sich, um das zarte Metall näher zu betrachten. Ein geradezu winziger Anhänger schwang im Rhythmus ihres noch immer zitternden Körpers umher. *My love,* lautete die Gravur auf dem goldfarbenen Herzchen.

Er musste es ihr angelegt haben, als sie geschlafen hatte. Angewidert schob sie ihren Fuß zurück. Zu gern hätte sie es einfach abgerissen - aber ob das klug war?

Vorsichtig kroch sie aus dem weichen Bett und schlich leise zur Tür.

Anika lehnte ihren Kopf behutsam an das Türblatt und lauschte zögerlich, bevor sie den alten, kalten Messingknauf zu bewegen versuchte.

Nichts passierte.

Die Tür war verschlossen, wie wahrscheinlich alles hier.

Es gab keine Fenster, keinen Schacht oder gar weitere Türen. Nur diese vier miserabel gestrichenen Wände in einem Blauton, der gewiss im Schlussverkauf gewesen sein musste - ausgestattet, wie eine dieser Ostsee-Ferienwohnung im Norden Deutschlands. Der frische Duft der Wandfarbe lag ähnlich schwer in der Luft, wie der Geruch der Kiefernmöbel.

Ein cremefarbener Hochfloor-Teppich bedeckte den heruntergekommenen Holzboden, der schon seine eigene Geschichte zu erzählen hatte.

Anika suchte nach ihrer Tasche, die sie heute Morgen noch bei sich getragen hatte. Dort hatte Pfefferspray und ihr Handy – aber sie schien nicht da zu sein.

Stunden vergingen und sie suchte weiter nach Möglichkeiten, um nach Draußen zu gelangen.

Angst machte sich breit, mit jeder Stunde die verging.

Ihre Hände waren blass und kaltschweißig und die Frequenz ihres Pulses hatte sich inzwischen beinahe verdoppelt.

Wer sie auch hergebracht hatte – er würde sicher bald kommen. Und mit diesem Gedanken, zog sich die Übelkeit durch ihren Magen. Ihr war nicht klar, warum sie hier war. Warum sie ausgewählt wurde. Nichts in diesem Raum spiegelte ihr eine Antwort für dieses Schicksal.

Tränen flossen über ihre Wangen und sie schluchzte, als sie weiter an der Tür lauschte.

*

Es war Samstagabend und es dämmerte, als Kai den Anruf von seinem Kollegen Tom erhielt.

»Kai? Wir brauchen dich hier. Wir haben wieder eine gefunden. Es scheint ein Muster zu sein«, überschlug sich der Polizeibeamte am Telefon und schien nebenbei hektisch an einer Zigarette zu ziehen.

»Schickst du deinen Standort rüber? Ich brauch ein paar Minuten«, sagte Kai.

»Klar mach ich. Bis gleich.«

Kai hatte es sich längst mit einer kalten Pizza und einem Glas Cola auf der Couch bequem gemacht. Rasch nahm er noch einen Bissen von der Pizza und einen großen Schluck von der Cola, bevor er samt Jacke zur Tür lief.

In seinem alten, bordeauxroten 3er BMW machte er sich auf den Weg zum Standort seines Kollegen.

An einer abgelegenen Seitenstraße beim Bezirksfriedhof standen schon einige Autos der Kollegen – einige davon mit Blaulicht. Ein

Rettungswagen fuhr gerade davon, als er auf einem matschigen Rasenstück parkte.

»Hey Kai, du auch hier?«, rief einer der Polizisten, der die Straße absicherte.

Kai hob die Hand und grüßte wortlos zurück. Er schaute sich um und suchte Tom.

Der kleine Friedhofsvorplatz war gut ausgeleuchtet und die Kollegen der Spurensicherung verteilten kleine, weiße Fähnchen auf dem Rasen und dem Gehweg.

Kai tauchte unter dem Absperrband hindurch und nickte einem der Streifenpolizisten zu, als er Tom erblickte.

Noch während er auf ihn zu lief, sah er einen leblosen Körper in der Nähe eines Baumes liegen.

Eine junge Frau – abgemagert, nackt und aufgeschlitzt, an einen Baum gelehnt. Ihre Haut war gräulich verfärbt und ihr verstümmelter Körper war übersät mit tiefen, dellenartigen Kulen und dunklen Hämatomen. Viele kleine Schnitte am Unterbauch und an der Brust, deuteten darauf hin, dass der Täter wütend gewesen sein musste. Ihr Hals war besetzt von dunkelgrauen, fast schwarz verfärbten Würgespuren. Möglicherweise könnte das die Todesursache gewesen sein.

»Das ist jetzt schon die Zweite in neun Monaten,« sagte Kai, als er sich vor den Leichnam hockte.

»Zumindest scheinen es auf den ersten Blick dieselben Muster zu sein. Massive Spuren von Gewalt gegen den Schädel. Zahllose Hämatome und Schürfwunden zwischen den Beinen. Ich gehe von wiederholter Vergewaltigung aus.« klinkte sich Anna ein.

Anna war fester Bestandteil in der Pathologie des Kriminaltechnischen Instituts und wurde offenbar auch zum Tatort gerufen.

»Aber das muss ich mir noch im Detail ansehen, um sicher zu sein.«

»Der Kiefer scheint mehrfach gebrochen zu sein. Außerdem hat sie einen unversorgten aber schon verheilten Bruch am linken Arm. Wahrscheinlich wurde der Arm nach dem Bruch nicht medizinisch versorgt. Schau her«, sagte sie, während sie Kai den sichtlich verformten Unterarm zeigte.

»Wissen wir schon, wer das ist«, fragte er, als er ihre Hand mit einem Stock anhob, um einen besseren Blick auf ihre fast schwarz verfärbten Handknochen zu bekommen.

»Nein noch nicht. Sie trug nichts bei sich.«

»Kai? Kai, kommst du mal kurz«, rief Tom.

Kais Blick haftete noch immer auf den knöchernen Handrücken der jungen Frau. Ihre Hände waren blutverschmiert und schmutzig von der Erde. Viele frische Schürfwunden bedeckten ihre Haut und die übrigen Fingernägel waren abgebrochen und ebenfalls grau verfärbt.

»Ja klar«, sagte er, als er auf Tom zuging.

»Was denkst du?«, fragte Tom.

»Es muss derselbe sein. Das Opfer ist ähnlich abgemagert und scheint eine Weile bei dem Täter gewesen zu sein. Die Misshandlungsspuren ähneln zumindest denen, der anderen Mädchen. Das Alter passt und die Optik des Opfers auch. Und schau mal, was sie am linken Fußgelenk gefunden haben«, fügte Tom hinzu und wedelte mit einem transparenten Plastiktütchen vor Kais Gesicht umher.

Ein goldenes Fußkettchen mit dem Anhänger >My Love< glitzerte durch das transparente Kunststofftütchen.

»Wahrscheinlich hast du recht. Konntest du schon mit Jemanden von der Spusi quatschen?«

»Ja. Die haben vereinzelt Haare oder Fasern unter ihren Fingernägeln sichergestellt. Allein der Farbton lässt wohl darauf schließen, dass es nicht ihre sind. Alles andere müssen wir abwarten.«

»Na immerhin etwas. Vielleicht kriegen wir ihn damit.«

Beide Männer schauen erneut zu dem weißen Pavillon, der über dem verstümmelten Körper aufgebaut wurde.

»Warum bekommen seine Opfer diese Kettchen? Und warum lässt er sie am Opfer?«, seufzt Tom, während er sich eine Zigarette anzündete und wieder Richtung Tatort starrte.

»Damit können wir ihn als Täter klar identifizieren. Er will, dass wir wissen, dass es sein Werk ist.«

»Was für ein kranker Spinner muss das sein!«, hustete Tom nach einem Zug.

»Ich werde mal mit Claudette quatschen. Sie kann sich in diese Psychopathen besser reindenken«, sagte Kai, als er seinem Kollegen auf die Schulter klopfte und sich weiter umsah.

»Wir treffen uns morgen Früh in der Patho und schauen, was die Kollegen herausgefunden haben.«

KAPITEL 7

Urplötzlich wurde Anika wach, als die Kellertür ihres Zimmers ins Schloss fiel.

»Guten Morgen meine Schöne«, begrüßte Gunnar sie überschwänglich.

Sogleich rutschte sie auf ihrem Bett in die obere Ecke und brachte keinen Ton heraus.

»Nicht doch. Du brauchst keine Angst zu haben. Ich tue dir nichts. Schau mal, ich habe dir etwas mitgebracht«, sagte er stolz.

Anika erblickte die neue Vogue-Ausgabe und wieder liefen ihr die Tränen übers Gesicht. Woher wusste er von ihrem Interesse an dieser Zeitschrift?

»Warum bin ich hier«, stammelte sie leise.

»Warum du hier bist? Aber das ist doch ganz offensichtlich oder nicht? Wir haben uns in den vergangenen Wochen immer wieder liebevolle Blicke zugeworfen und uns beschnuppert. Es war unübersehbar, dass wir uns beide anziehend finden«, gab Gunnar entschlossen zurück, als er es sich am Bettrand bequem machte, um sie noch einmal zu begrüßen.

»Ich…ich habe dich noch nie zuvor gesehen.«

»Meine Prinzessin, das spielt jetzt auch alles gar keine Rolle mehr. Wichtig ist, dass wir nun zusammen sein können. Jetzt beginnt unsere Zeit. Wir können nun endlich zusammen sein.«

Gunnar beugte sich zu ihr, um ihr den obligatorischen Begrüßungskuss zu geben, doch Anika wich zitternd zurück und begann zu weinen.

»Was wollen sie von mir?«

»Liebes, gib deinem Freund ein Küsschen. So wie sich das gehört. Schließlich wollen wir eine harmonische Partnerschaft führen«, tadelte er sie höflich.

Gunnar rückte näher, drückte seinen Kopf vorbei an ihren Händen, direkt auf ihr Gesicht und küsste sie.

Schmunzelnd zwinkerte er ihr zu.

»Na also. Es geht doch. Hast du Hunger? Soll ich uns heute zur Feier des Tages etwas Besonderes zaubern?«, fragte er und sprang motiviert vom Bett auf.

»Ich habe Lachs gekauft. Du kannst aber auch Spaghetti haben. Wonach ist dir? Für dich mache ich alles.«

Anika verkroch sich tiefer in ihre Ecke und zog ihre Knie dicht an ihre Brust. Die Anspannung in ihren Muskeln ließ nicht nach, sodass ihr Körper merklich zitterte. Allmählich wurde ihr klar, dass sie hier wohl länger sein würde.

Zusammengekauert beobachtete sie ihn. Eifrig deckte er den Tisch platzierte einen Strauß billiger Kunstblumen in der Mitte.

»Hast du dich entschieden, Schatz?«, fragte er, als der Tisch hergerichtet war.

Er lief auf sie zu und beugte sich langsam zu ihr.

»Du siehst mir nach Lachs aus. Habe ich recht?«

Anika zitterte mehr und mehr und die Art, wie er seinen Monolog hielt, potenzierte ihre Angst erheblich.

Sie sagte nichts. Nicht einmal ein Seufzer verließ ihre Lippen

Gunnar lief zurück zur Küchenzeile und wieder räumte er.

Er schien bei guter Laune zu sein und vor allem hochmotiviert ein gemeinsames Abendessen anzurichten.

Anika jedoch war übel und nicht nach Essen zumute. Sie folgte jedem seiner Schritte und zuckte zusammen, wenn es zunächst so aussah, als würde er auf sie kommen.

»Liebes, erzähl´ mir doch etwas von dir. Was magst du so? Was isst du gern?«

Gunnar schnitt ein paar Scheiben vom Baguette und drappierte den Lachs sorgfältig auf dem Brot.

»Ich muss das doch alles wissen, damit ich gut für dich sorgen kann«, fügte er vergnügt hinzu.

Währenddessen dekorierte er den Tisch mit kleinen, weißen Porzellanschalen gefüllt mit geschnittenem Obst. Kurzerhand schob er eine der Schalen zur anderen Tischseite. Er nickte ihr zu und deutete auf die Schüssel, doch Anika war wie betäubt.

»Ich finde es langsam unhöflich, dass du mir nicht antwortest! Ich gebe mir solche Mühe und du ignorierst das!«

Plötzlich rutschte sein Ton eine Nuance tiefer und vor allem wirkte er nun beleidigt und gereizt.

»Es gibt jetzt Essen. Komm an den Tisch.«

Durch Anikas Körper zog ein kalter Schauer. Sie hatte angefangen an ihren Fingernägeln zu kauen und bewegte sich kein Stück - als ob sie ihn nicht gehört hatte.

Sie puhlte nervös an ihren Nägeln und bemerkte nicht, dass sie bereits blutete.

Gunnar hatte inzwischen Platz genommen und starrte wartend zu ihr rüber.

»Komm jetzt her. Oder muss ich dich erst holen!«

Er schlug mit der flachen Hand auf den Küchentisch und Anika zuckte zusammen.

»Ihr Weiber seid doch alle gleich. Und dabei dachte ich, du wärst besonders.«

Wie in Zeitlupe kroch Anika vom Kopfteil des Bettes zum Fußteil. Sie starrte auf den Boden und hielt sich verängstigt am Bettrahmen fest.

»Ich....ich glaube, ich habe gar keinen Hunger«, flüsterte sie vorsichtig.

Gunnar erhob sich in Windeseile, während sein Stuhl hinterrücks auf den Boden kippte und mit einem lauten Knall aufschlug.

»Warum bist du bloß so undankbar! Ich gebe dir alles, was ich habe und du willst nichts«, brüllte er.

Er lief einen großen Schritt auf sie zu, griff nach ihrem Arm und zerrte ruckartig daran, bis Anika stand.

»Los jetzt!«

Stürmisch zog er ihren Arm Richtung Esstisch.

»Du isst!«

Hastig schob er ihren Stuhl zurück und bugsierte sie auf die Sitzfläche.

»Und hier wird aufgegessen«, hauchte er ihr leise ins Ohr.

Gunnar nahm wieder Platz und reichte ihr zwei Baguettescheiben mit etwas Lachs.

Anikas Gesicht war inzwischen verschmiert vom dunklen Mascara, der sich durch die Tränen bereits überall verteilt hatte. Der schwarze

Schleier tropfte ihr vom Kinn und hinterließ kleine Flecken auf dem Tisch.

Noch bevor er etwas sagen konnte, griff sie folgsam zum Baguette und biss ein Stück ab.

Das Kauen fiel schwer, weil durch das Weinen die Luft zum Atmen fehlte. Ein Kloß steckte in ihrem Hals, weil die Angst vor dem danach spürbar wuchs.

Das helle Brot schien immer mehr zu werden und rutschte nur schwer beim Schlucken.

»Und? Schmeckt's?«, wollte Gunnar wissen und nahm währenddessen einen Schluck vom Wasser.

Anika starrte auf ihren Teller und nickte vorsichtig.

»Siehst du. Ich habe es dir doch gesagt, dass es lecker ist. Und wenn du Lust hast, dann machen wir nach dem Abendessen einen privaten Kinoabend zu zweit auf der Couch. Wie sich das für ein richtiges Pärchen gehört.«

In seinen dunklen Augen funkelte die Vorfreude, während Anika das Stück Brot fast im Hals stecken blieb.

»Wir machen es uns heute richtig schön«, zwinkerte er ihr flüchtig zu.

Ihre Angst multiplizierte sich binnen weniger Sekunden. Ein Kinoabend zu zweit konnte nichts Gutes bedeuten. Sie kannte diesen Irren nicht und das letzte, was sie wollte, war ein Kinoabend mit ihm.

KAPITEL 8

Kai war schon im Pathologischen Institut, als Tom nur etwas später eintraf.

»Moin. Wie sieht's aus?«, fragte Tom, als er samt gut gefüllter Brotdose und einer Limoflasche auf den Autopsietisch zulief.

Anna, die ein OP-blaues Gewand trug und ihr Gesicht mit einem Mundschutz maskiert hatte, inspizierte die junge Frau, die gestern Abend vor dem Bezirksfriedhof gefunden wurde. Fließend sprach sie sich nebenbei kurze Memos auf ihr Diktiergerät.

»Willst du hier frühstücken?«, schmunzelte Kai.

»Es haben nicht alle so viel Zeit wie du und können zu Hause frühstücken.«, entgegnete Tom, als er am Tisch ankam und ungestört seine Brote beäugte.

Kai beobachtete Anna und hoffte bei der Untersuchung auf neue Informationen zum Tathergang.

»Hämatome Oberarme beidseits, sowie im Hals- und Dekolleté-Bereich, die als Würgemale zu deuten sind. Punktuelle Druckspuren im Kehlkopfradius – höchstwahrscheinlich Würge-male - entstanden mit den Händen des Täters. Zudem multiple, ausgeprägte Schnitt- und Schürfverletzungen im Gesicht mit einer tiefen Schnittwunde, ...Unterlippe rechts.«

Anna griff nach einem silbernen Metallgegenstand und legte diesen präzise an der Schnittöffnung an.

»3,7 Zentimeter tief.«, ergänzte sie.

»Zudem gesamter Mundbereich bläulich umrahmt mit klaffender Hautöffnung am

Unterkiefer links mit klar ersichtlicher Schnittkante. 7,4 Zentimeter lange Schnittwunde mit Einblick in die Kieferhöhle links. Zudem vereinzelt herausgesplitterte Schädelfragmente – wahrscheinlich durch grobe Schläge mit einem schweren, eher dumpfen Gegenstand von Außen gegen die Schädelkalotte. Verletzungen an den Extremitäten eher postmortal, Umgebungstemperatur am Fundort...«, Anna hielt inne, während ihre Augen dicht über dem Leichnam entlangfuhren.

»Vermutlich zwischen drei und neun Grad. Spuren von dumpfer Gewalteinwirkung – Hüfte links. Des Weiteren massive Druckstellen und Quetschungen mit kleineren Hautablösungen an beiden Unterarmen sowie an beiden Handgelenken. Vermutlich wurde das Opfer über einen längeren Zeitraum fixiert. Deformität der linken oberen Extremität bei Zustand nach unversorgtem Bruch.«, sprach sie flüssig weiter während ihr Gesicht dicht über dem Leichnahm entlangfuhr.

»Gibt es schon etwas Neues?«, wollte Tom wissen, der inzwischen neben Kai stand und sein mit Wurst belegtes Vollkornbrot in sich hineinstopfte.

»Guten Morgen Tom!« sagte Anna forsch.

»Guten Morgen«, sagte Tom und verkniff sich das Augenrollen.

Anna legte ihr Diktiergerät beiseite, zog die Schutzmaske zum Kinn und striff sich die mit einer gelblichen Flüssigkeit beschmierten Latexhandschuhe ab.

»Was ich mit Sicherheit sagen kann ist, dass sie über Monate körperlich massiv misshandelt und vergewaltigt wurde. Die Vergewaltigungsspuren sind deutlich ausgebildet und mehr schlecht als recht verheilt, bevor schon der nächste Schaden zugefügt wurde. Zudem gibt es frische vaginale Risse. War sie denn lange vermisst?«, wollte Anna wissen.

Die beiden Männer sahen sich im selben Moment an.

»Es scheint keine Vermisstenanzeige zu geben, die auf sie zutrifft. Allerdings fällt das Identifizieren bei dem verstümmelten Gesicht nicht leicht«, fügte Tom mit vollem Mund noch hinzu und trat näher an den Metalltisch heran.

Auch er musterte den entstellten Körper. Doch irgendetwas schien nicht zu passen.

»Wann hast du den Bericht fertig? Die Blutgruppe wäre auch interessant.«

»Ich versuche es bis morgen Mittag – kann aber nichts versprechen«, sagte Anna und wusch sich die Hände am Waschbecken.

Die beiden Männer schauten noch einmal zu dem Leichnam, bevor sie den Saal gemeinsam verließen.

»Hattest du schon mit Claudette ge-sprochen?«, wollte Tom wissen.

Kai blätterte durch seinen kleinen Notizblock und schien etwas zu suchen.

»Nein, das mache ich später. Wahrscheinlich treffe ich sie zum Mittagessen in der Stadt.«

»Na gut«, entgegnete Tom. »Dann werde ich mal ins Büro fahren und den Schreibkram erledigen. Hoffentlich haben die dort noch Kaffee.«

Während Tom sich auf den Weg machte, blätterte Kai noch immer in seinem kleinen Notizblock.

KAPITEL 9

»Hallo Kai. Na wie ist die Lage auf dem Revier?«, wollte Claudette wissen und schwang ihre schwarze Designer-Handtasche auf das zerschlissene Polster der Sitzbank im Café.

Kai grinste und nahm währenddessen Platz. Lässig rollte er seine abgenutzte Lederjacke zusammen und warf sie auf die Bank.

»Ach Claudette,«, seufzte er belustigt und fuhr fort.

»Wenn es dich interessiert, dass Tom heute früh in der Pathologie gefrühstückt hat? Sonst gibt es keine wirklich aufregenden Neuigkeiten«, erwiderte er schmunzelnd.

Claudette lächelte und nahm Platz.

Sie hatte als forensische Beraterin immer wieder in den Sonderkommissionen gesessen, aber diese unvorhersehbaren Außendienste, die Kai und Tom abdecken mussten, waren nichts für sie.

»Wie läuft´s in der Praxis?«, wollte Kai wissen und zog die Speisekarte aus dem Kunststoffständer.

Claudette spitzte ihre Lippen und nickte freundlich.

»Ich kann nicht klagen und bereue nichts. Aber im Moment habe ich da einen Patienten, der frisch geschieden und völlig desorientiert ist. Der Gute scheint mir schwer retraumatisiert zu sein. Das bedeutet einiges an Arbeit.«

»Was bestellst du?«, wollte sie wissen.

»Ich weiß noch nicht. Ich hatte noch nichts heute. Wahrscheinlich werde ich das XL-Sandwich mit Bacon und extra Käse nehmen, sagte Kai und schob ihr entschlossen die Karte zu.

»Ich brauche mal einen *Psycho-Tipp* von dir.«

Claudette schaute kurz auf und widmete sich wieder der Karte.

»Wir fahnden nach einem Täter, wahrscheinlich männlich, zwischen Mitte dreißig und fünfzig. Er lockt junge Frauen zu sich und sperrt sie monatelang ein. Die Tatorte deuten auf einen perversen Sadisten hin, denn die Opfer sind teilweise bis zur Unkenntlichkeit verstümmelt«, fasste er zusammen, als er eine olivgrüne Mappe unter der Jacke hervorzog.

Ungefragt platzierte er einige Fotos vom Tatort direkt vor Claudettes Nase und ergänzte die Sammlung mit einem kleinen Zettelgebinde.

Sie schielte zu den Fotos und legte die Karte zur Seite.

»Ich glaube jetzt reicht mir ein Glas Wasser.«

Interessiert schob sie sich ihre Leserille auf die Nase und schob die Aufnahmen auf dem Tisch enger zusammen.

»O la la. Da ist aber Jemand wütend«. Ihre Blicke pendelten eifrig hin und her. Sie schien etwas miteinander zu vergleichen.

»Gibt es Briefe, Notizen, spezielle Merkmale oder sowas?«

»Nun ja, die Opfer sind ausschließlich weiblich und trugen alle ein goldenes Fußkettchen mit einem Anhänger mit der Aufschrift *My Love*.«

Ihre Mimik verzog sich, als sie sich dem Papiergebinde widmete.

»Hallo. Kann ich euch schon etwas bringen?«, fragte die Kellnerin, deren Blick förmlich einfror, als sie das Bildmaterial entdeckte.

Claudette schob die Unterlagen zusammen und bedeckte die Fotos mit der olivgrünen Mappe.

»Wir nehmen ein XL-Sandwich mit Bacon und extra Käse, eine große Coke und ein

Mineralwasser«, sagte sie und schaute flüchtig zu Kai, der ihre Bestellung kurz abnickte.

»Es ist schwer zu sagen und du weißt, dass ich kein Profiler bin, auch wenn ich die Gerichtsmedizin schon einige Jahre unterstütze«, fühlte sie sich fast verpflichtet ihn zu erinnern.

»Ich kann nicht viel sagen. Der Kerl scheint seine Opfer als Eigentum zu betrachten, deshalb das obligatorische Fußkettchen – wie das Halsband bei einem Hund«, erklärte sie.

Wieder blätterte sie durch die Fotos, nachdem die Kellnerin das Essen serviert hatte.

Kai griff nach seinem Sandwich und beobachtete sie. Wahrscheinlich glaubte er, etwas aus ihren Blicken lesen zu können.

»Kann ich die Akte mitnehmen?«, fragte sie unvermittelt.

»Ich erinnere mich an einen ähnlichen Fall. Der Täter hatte alle seine Opfer diffus verstümmelt. Alle waren Frauen und hatten eine Art Logo tätowiert bekommen«, fügte sie hinzu und nahm einen Schluck Wasser.

»Manche Frauen provozieren diese Täter womöglich unwissentlich, indem sie in ihnen das Gefühl von Unzulänglichkeit triggern. Manche Killer müssen dann einen Mord begehen, um diese Gefühle zu unterdrücken«, erklärte sie.

Kai nickte, während er sein Sandwich verdrückte.

»Verstehe. Bis Freitag brauch ich die Akte spätestens zurück.«

KAPITEL 10

Samt Stuhl rutschte Gunnar näher zu ihr, nachdem sie gerade einmal eine Scheibe Lachsbrot heruntergewürgt hatte.

»Hat's dir geschmeckt?«, flüsterte er.

Sie zuckte zusammen, als sie seinen feuchten Atem am Hals fühlen konnte und nickte rasch, um ihn nicht zu provozieren.

»Perfekt!« Gunnar klatschte sich in die Hände und schob sogleich das Geschirr zusammen, um abzuräumen.

»Wie wäre es denn, wenn du dir für morgen eines deiner Lieblingsgerichte aussuchst? Hm?«

»O.k.« flüsterte sie und starrte auf ihren blutigen Fingernagel.

»Toll! Dann gehe ich morgen gleich für uns einkaufen«, triumphierte er und sortierte das Geschirr in die Spüle.

Fast apathisch saß sie auf dem Stuhl und beobachtete ihn. Als er die beiden Teller abgespült hatte, sortierte er sie symmetrisch auf das Abtropfgestell und korrigierte noch einmal nach, als er feststellte, dass die Teller offenbar nicht ganz parallel zueinanderstanden.

Was würde wohl jetzt kommen? Der Kinoabend? Sie ahnte Schlimmes.

Mit seinem Stoffbeutel legte er sich auf das Bett und klopfte fordernd auf die linke Betthälfte.

»Na komm. Wir wollen den Abend doch gemeinsam ausklingen lassen, oder nicht?«

Schon kippte er den Beutelinhalt aus und griff nach einem der Schokoriegel.

Ihr wurde schwindelig, aber wenn sie nicht zu ihm gehen würde, würde sie seine Wut erneut provozieren - und das wollte sie nicht riskieren.

Mühsam erhob sie sich vom Stuhl und lief langsam zu ihm.

»Du bist so eine Schönheit. Weißt du das?«

Anika blieb vor dem Bett stehen und schaute sich noch einmal rum.

»Ich muss zur Toilette.«

Gunnars Mimik wurde abrupt ernst und er deutete mit einer genervten Handbewegung auf den Duschvorhang am anderen Ende des Zimmers.

Neben der Kellertür befand sich eine Art Umkleide. Zumindest hatte Anika das angenommen. Tatsächlich aber musste sie feststellen, dass sich hinter dem halbtransparenten Duschvorhang eine Toilette befand.

Anika zog den Vorhang zu und starrte auf die Plastiktoilette. Sie sah aus, wie ein rechteckiger

Eimer mit Deckel. Auf dem äußeren Rand stand die Aufschrift „Camping Deluxe".

Sie klappte den Plastikdeckel nach oben, schob leise ihre Strumpfhose samt Slip bis zu ihren Waden und setzte sich.

»Brauchst du Hilfe?«, hörte sie ihn rufen.

»Nein danke«, antwortete sie, bevor er es sich anders überlegte.

Sie verharrte auf diesem Plastikkübel und beobachtete den Vorhang, der noch immer in Bewegung war. Eigentlich musste sie nicht – aber neben ihm sitzen wollte sie auch nicht.

»Ich   h-ö-r-e   gar nichts!« Gunnars Worte klangen, als würde er singen.

»D-doch. Ich bin gleich soweit«, stammelte sie.

Gunnar wartete ungeduldig auf dem Bett und sprang schließlich auf.

»Du musst überhaupt nicht!«, rief er und lief schnurstracks zum Vorhang.

Anika wollte sich schnell anziehen, als er schon am Stoffvorhang zog und mit weit aufgerissenen Augen vor ihr stand.

»Verarschen kannst du wen anders! Komm jetzt her!«

Gunnar riss sie von der Campingtoilette und zog sie zurück zum Bett.

»Die Strumpfhose kannst du gleich weglassen. Die braucht sowieso keiner!«

Verängstigt kroch sie unter die Bettdecke und schützte ihre Beine vor seinen Blicken.

Gunnar legte die Schokoladenriegel direkt neben ihr ab und machte es sich bequem.

»Lässt mich auch mit unter die Decke, oder möchtest du, dass ich friere?«

Anika sagte keinen Muchs und klammerte sich an der Bettdecke fest. Ihr Herzschlag hatte sich verdoppelt und ihr Körper begann unkontrolliert zu zittern.

»Jetzt mach endlich. Was bist du bloß für eine Göre! Hier unten sind keine Zwanzig Grad!«, fluchte er und zerrte an der Bettdecke. Schließlich rückte Gunnar näher zu ihr und zog sie mit einem Ruck zu sich.

»Bitte nicht«, murmelte sie leise.

»Was – bitte nicht? Ich mache doch gar nichts.«

Anika versuchte unbemerkt ein Stück zur Bettkante zu rutschen, als Gunnar sie kurzerhand packte und zur Mitte der Matratze zerrte.

»Jetzt reicht's mir! Wir haben nett zu Abend gegessen und nun klingen wir den Abend zu zweit aus. Wenn du dich nicht benehmen kannst, dann sorge ich dafür! Hast du das verstanden!« ermahnte er sie und schwang sich auf ihre Oberschenkel, die unverändert von der zarten Feinstrumpfhose zusammengehalten wurden.

»Ich möchte das nicht«, weinte Anika und drehte ihren Kopf zu Seite, um ihn nicht ansehen zu müssen.

»Was möchtest du denn nicht, Liebes?«

Behutsam strich er über ihre Wangen. »Den Kinoabend?«

Sanft drehte er ihren Kopf zurück, sodass sie ihn unausweichlich ansehen musste. Langsam und begierig fuhr er mit dem Daumen über ihre Lippen. Als sein Daumen den Druck erhöhte und sich ihre Lippen ein Stück öffneten, präsentierten sich einen Moment lang ihre weißen Zähne.

»Doch, das willst du.«

Er beugte sich zu ihr hinab und nahm einen tiefen Atemzug inmitten ihres dichten Haares.

»Wie gut du duftest. Schon seit Monaten klebt dieser verführerischer Duft in meiner Nase«, murmelt er leise in ihre Mähne.

Anika, die ihren Kopf wieder zur Seite gedreht hatte, versuchte ihre Tränen zu verbergen.

»Bitte lassen sie mich.«

»Das kann ich nicht. Dann wäre alles umsonst.«

Gunnar rutschte ihre Oberschenkel noch ein weiteres Stück hinauf und blieb auf ihrem wohlgeformten Becken sitzen.

»Fühlst du, wozu du fähig bist?«

Anika schluchzte, kniff ihre Augen fest zusammen und schüttelte den Kopf. Selbstverständlich konnte sie seine Erregung an über ihrem Becken fühlen. Ihre nackten Beine versuchten ihn abzuschütteln, um ihn zumindest kurz zu unterbrechen. Doch Gunnar saß fest auf ihrer Taille und ergötzte sich an ihrer taktlosen Zappellei.

Gierig fuhr seine Hand ihren Hals hinab zum Dekolleté und griff energisch nach ihrer Brust, die unter ihrem Kleid leicht zur Seite gefallen war.

»Du machst mich rasend!« lechzte er und biss laut knirschend seine Zähne zusammen.

»Bitte nicht. Bitte hören sie auf«, rief sie und hielt noch immer ihre Augen geschlossen.

Dürstend nach mehr, zog er ruckartig an ihrem Kragen und legte den Halsausschnitt ihres Kleides frei. Ihr BH blitzte ihm in einem verführerischen Bordeauxton entgegen und nun gab es kein Halt mehr. Stürmisch knöpfte er sich seine Jeans auf und wischte den Stoff ihres Kleides mit einer Handbewegung nach oben.

Ihm ausgeliefert, schüttelte Anika ihren Kopf und schlug mit ihren Händen gegen seine Brust. Doch Gunnar erregte das nur noch mehr. Er sank ein Stück ab, damit sein Körper zwischen ihren Beinen Platz fand, während Anika fluchtartig Richtung Kopfteil rutschte.

Vom Trieb gesteuert, packte er sie an ihren Waden und zog ihren Körper zu sich zurück.

KAPITEL 11

Kais Handy klingelte, als er am Donnerstagmorgen noch zusammengerollt unter seiner Bettdecke lag. Noch im Halbschlaf, tastete er nach seinem Handy auf dem Nachttisch.

»Ja? Helmer hier«, gähnte er in den Hörer.

»Herr Helmer, wir haben seit fünfundzwanzig Minuten eine Sitzung betreffend der beiden Mordfälle bei denen sie der Kommissionsleiter sind«, wies ihn die aufgebrachte Stimme am Telefon zurecht.

Ruckartig setzte Kai sich auf und schaute eilig auf den verstaubten, alten DDR-Radio-Wecker, auf dem vier rote Nullen aufblinkten.

»Herr Weißborn! Ich bin schon unterwegs.«

»Das hoffe ich doch sehr!«

Kommissar Klaus Weißborn war der Chef der Dienststelle. Jeden Dienstag und Freitag rief er zum Jour Fixe auf, um einen Überblick zu den laufenden Fällen zu bekommen. Offensichtlich war auch Tom nicht vor Ort, denn der hatte ihm sicherlich den Rücken freigehalten.

Herr Weißborn hatte aufgelegt und Kai sammelte fast planlos seine Klamotten vom Vortag zusammen. Blitzschnell tauschte er das T-Shirt gegen ein eher schlecht gebügeltes Hemd, bevor er schon die Wohnung verließ.

Auf dem Revier hatte sich eine neunköpfige Mannschaft an Kollegen auf den Stühlen und Schreibtischen niedergelassen, um Weißborns Vortrag zu lauschen.

Im Hintergrund waren Fotos der Opfer und verschiedene Bildaufnahmen der Beweismittel an das Memoboard gepinnt.

Kai stellte sich lautlos am äußeren Rand dazu und schaute auf das Board, dass er selbst bestückt hatte.

Weißborn sprach über das zweite Mordopfer und fasste die neusten Ergebnisse aus der Pathologie zusammen. Kai schaute sich um, und hoffte Anna in dieser Gruppe anzutreffen. Sie schien aber nicht dabei zu sein.

»Bei der Leiche handelt es sich um Sophia Baumgartner. Sie ist vierunddreißig Jahre alt und lebt allein. Ihre Mutter, die sich offenbar schon öfter zur Ausnüchterung in unserer Dienststelle befunden hat, war zur Aufnahme einer

Vermisstenanzeige bereits auf dem Revier gewesen.«

Herr Weißborn sprach flüssig und klar und deutete kurz auf das Foto der Mutter am Memoboard hin.

»Die Anzeige wurde der Personenfahndung übergeben. Die Kollegen belächelten mich und erklärten mir, dass die Mutter ihre Tochter wohl schon öfter vermisst gemeldet hatte. Zudem ist sie selbst wegen Alkoholmissbrauch und Diebstahl aktenkundig.«

Weißborn entdeckte Kai und nickte ihm kurz zu, bevor er weiter fortfuhr.

»Als sich daraufhin unser Opfer aber immer wieder bei der Polizei meldete, wurden die Vermisstenmeldungen der Mutter wohl weniger ernstgenommen, weshalb aktuell unklar ist, seit wann das Opfer tatsächlich vermisst wurde.«

Kai konnte den alten Weißborn nicht besonders leiden. Seine schmierige, dekadente Art machte es schier unmöglich Sympathie für diesen Kerl zu empfinden. Außerdem ähnelte er mit seiner Halbglanze und den unumstrittenen hundert Kilo dem typischen Mafiaboss-Profil.

»Wahrscheinlich suchen wir einen Mann mittleren Alters – wohlmöglich ohne Vorstrafen. Vielleicht Diebstahl oder Körperverletzung – im Jugendalter«, ergänzte Weißborn.

»Lambert – du checkst das Vorstrafenregister! Nimm dir Jemanden zur Unterstützung. Morgen will ich eine Liste.«

»Helmer! Schön, dass sie es auch auf's Revier geschafft haben. Sie sprechen mit den Eltern des Opfers und checken, ob es Vorstrafen oder Anzeigen wegen kleinerer Delikte gegeben hat!«

Kommentarlos drehte sich Kai zur Tür auf der Suche nach Tom, den er schließlich am Kaffeeautomaten sichtete.

»Wann merkst du dir eigentlich, dass wir hier zwei Mal die Woche mit dem alten Weißborn zusammenkommen?«, blaffte Tom ihn von der

Seite an und wählte zeitgleich einen schwarzen Kaffee am Automaten.

»Ich war spät zu Hause.«

»Sag das mal dem Chef«, erwiderte Tom und schaute auf den dicken Mafioso, der sich geradewegs auf die beiden zubewegte.

»Helmer, das ist ihr Fall! Und sie waren nicht da. Wenn sie sich nicht zusammenreißen, landen sie wieder hinterm Schreibtisch. Ist das klar!«, verwarnte ihn Weißborn, der nach seinem Monolog im Büro verschwand.

»Alter, das kostet dich irgendwann deinen Ruf. Naja, wenigstens hast du heute keine Fahne.«, fügte Tom hinzu und schlürfte seinen Kaffee.

»Was war denn wieder?«, wollte Tom wissen.

Beide liefen den Gang entlang, während Kai sich von der Aushilfe die Adresse der Mutter des Opfers zustecken lies.

»Ich habe gestern noch Claudette getroffen. Sie schaut sich die Akte mal an. Ich sag dir, da steckt mehr dahinter, als nur ein Serienkiller, der seine Opfer willkürlich wählt.«

KAPITEL 12

Zusammengekauert lag Anika in dem Höllenbett, in dem Gunnar ihr gezeigt hatte, woraus diese Bindung zu bestehen hatte. Noch immer hatte sie seinen abscheulich-schweißigen Geruch in der Nase und gab sich dem Schmerz zwischen ihren Beinen erschöpft hin.

Gewaltsam hatte er sich Zugang zu ihrem Innersten verschafft und sich rücksichtslos genommen, was ihm Zustand – so hatte er es gesagt.

Anika hatte sich seitdem nicht mehr aus dem Bett bewegt, trotz, dass das Laken eher klamm war, durch seine übelriechenden Körperflüssigkeiten.

Verwunderlich war allerdings, dass er bereits den zweiten Tag nicht bei ihr gewesen war. Zumindest nahm Anika das an, denn es waren schon etliche Stunden vergangen. Der Kellerraum besaß kein Fenster, sodass Rückschlüsse über die Tageszeit unmöglich waren.

Instinktiv hoffte sie, dass ihm etwas zugestoßen war. Oder, dass er bereits wegen anderer Vergehen festgenommen wurde.

Aber wer würde sie hier finden, wenn er nicht zurückkommen würde?

Anika schwang sich die Bettdecke über die Schultern und humpelte zur Küchenzeile, um etwas Essbares zu suchen.

Das Baguette hatte er nach dem gemeinsamen Abendessen nicht verpackt, sodass es steinhart geworden war. Ein Blick in den Kühlschrank verhieß nichts Gutes. Der weiße Klotz war leer; nicht einmal den Lachs hatte er dagelassen. Wahrscheinlich würde er schon bald zurückkommen, schließlich gab es ja noch das versprochene Lieblingsgericht.

Nur zwei kleine Mineralwasserflaschen lagen umgestoßen auf dem Boden, an der Seite des weißen Ungetüms. Wahrscheinlich hatte er vergessen, sie mitzunehmen.

Sie nahm sich eine der Flaschen und hinkte vorsichtig zurück zum Bett.

Erschöpft ließ sie sich am Fußende nieder und atmete tief ein, als hätte sie einen Sprint hinter sich.

Ihr neues zu Hause war nicht besonders warm und wären die alten, fast modrig riechenden Wolldecken nicht gewesen, wäre sie wohlmöglich längst erfroren.

Wie mechanisch nippte sie an der Wasserflasche und starrte ins Leere, bevor sie sich auf die Matratzen fallen ließ.

Ihre Gedanken drehten sich nicht mehr, um das Flüchten oder was er als nächstes mit ihr vorhatte. Sie hoffte, dass sie vor Erschöpfung einschlafen und ein schmerzfreies Ende haben würde, denn lebend würde er sie sicherlich nicht gehen lassen.

Sie wusste über ihn Bescheid und hätte ihn genau beschreiben können. Es war also nur eine Frage der Zeit, bis er wiederkommen würde, um dem hier ein Ende zu setzen – dann wohl aber nicht so schmerzfrei – dachte sie.

In ihren Augen lag ein grauer Schatten von Traurigkeit und Kummer, doch Tränen schafften es nicht über ihre Wangen.

Anikas Körper glich einer lädierten Leinwand aus Fleisch mit großen lila Tupfen und rot leuchtenden Schrammen.

Wo hatten sie sich zum ersten Mal getroffen? Er hatte gesagt, sie würden sich kennen. War er vielleicht ein Angehöriger aus der Kinderklinik, den sie zu lange hatte warten lassen?

Anika grübelte in ihrem Bett und hatte sich inzwischen das hart gewordene Baguette genommen. Sie musste bei Kräften bleiben.

Zusammen mit dem Mineralwasser in ihrem Mund ließ sie das Brot weich werden.

Wieder spulte sie ihre Gedanken zurück zu den letzten Tagen und versuchte diesen Fremden in ihrer Umgebung zu finden. Aber sie erinnerte sich nicht an dieses Gesicht.

Es wäre ihr doch aufgefallen, hätte sie Jemand beobachtet?

KAPITEL 13

»Helmer?« sagte Kai, als er die totgesagte Freisprecheinrichtung seines Autos während der Fahrt aktivierte, um den Anruf von Claudette entgegen zu nehmen.

»Kai, hast du kurz einen Moment?«

»Für dich immer.«

»Ich habe mir die Akte angesehen.«, sie klang ernster als sonst.

»Gibt es weitere Opfer?«

»Ja. Eine weitere junge Frau. Der Fall ist schon seit einigen Wochen offen. Warum fragst du?«

»Also pass auf. Das Ganze entspricht nicht dem typischen Serientäterprofil. Die Frauen scheinen einem Zweck zu dienen. Laut den Berichten, muss er sie monatelang bei sich isoliert gefangen gehalten haben. Man könnte meinen, er versucht sie gefügig zu machen und wenn das misslingt, bringt er sie um und sucht sich die Nächste«, fasst Claudette sachlich zusammen.

»Du meinst er sucht quasi eine Freundin, oder so was?«

»Ich kann das nur mutmaßen, Kai. Aber ein Serienmörder braucht neue Opfer. Dem hier scheint die Eine zunächst auszureichen. Er markiert sie mit dem Fußkettchen, als sein Eigentum. Du weißt schon…, wie bei einem Hund und dem Halsband. Wahrscheinlich führt er eine Art Beziehung mit den Opfern. Bis irgendetwas passiert und dann wird sie entsorgt. Er besitzt die Opfer.«

»Die Frauen haben Prellungen und Brüche, die nie versorgt worden sind. Entweder, weil ihm die Verletzungen nie auffallen oder, weil sie trotz der Verletzungen seinem Zweck noch genügen.

Weißt du, was ich damit sagen will?« hakte sie nach.

»Dass er letzte Woche eine seiner Freundinnen entsorgt hat und sich gerade die Nächste angelt?«, antwortet Kai fast scherzhaft.

»Genauso ist es! Ihr braucht ein Raster. Die Opfer entsprechen einem Schema. Sucht nach Gemeinsamkeiten. Vielleicht der Optik oder der Herkunft. Dann kommt ihr weiter. Möglich wäre auch ein Ritualmord, aber dafür gibt er sich zu wenig Mühe. Ich würde meinen, der Täter kommt aus der Gegend.«

Kai manövrierte sein Auto rasch an den Fahrbahnrand, deaktivierte die Freisprech-funktion und griff nach seinem Handy.

»Glaubst du der Kerl ist vorbestraft?«

»Nun ja, ich würde meinen, er hat sich noch nichts zu Schulden kommen lassen. Aber ich würde wetten, dass er als Kind ähnliche Miss-handlungen erfahren hat.«

»Ich muss jetzt zu meinem Klienten. Wenn du noch was brauchst, ruf mich an«, fügte Claudette rasch hinzu und legte auf.

Kai rieb sich die Augen und atmete tief ein, bevor er den Wagen zurück auf die Fahrbahn fuhr.

KAPITEL 14

»Gunnar! Gunnar warte«, hörte er eine Kollegin auf dem Hof des Wohnmobilhändlers rufen, die ihm eilig hinterhersprintete.

Gunnar, der gerade vom Hof lief, drehte sich nach der Frau um.

»Ja?«

»Gunnar, der Chef möchte dich noch kurz sprechen«, rief sie völlig aus der Puste, als sie schließlich vor ihm stand.

Gunnar runzelte die Stirn, verzog den Mund und schniefte genervt.

»Was will er denn?«

»Das hat er mir nicht gesagt. Aber wahrscheinlich geht es um die Verkaufszahlen. Ich habe gehört, die sind diesen Monat wieder gesunken.«

»Ja gut«, sagte er und lief zu dem rostigen Baucontainer zurück.

Er öffnete die zerbeulte Tür des Containers und lief zum Büro seines Chefs.

»Chef? Sie wollten mich sprechen?«

»Herr Lehmann, bitte nehmen sie einen Moment Platz«. Mit einer Handbewegung wies er auf einen der alten, mit marineblauem Stoff bezogenen Stühle hin.

»Ich fasse mich kurz«, sagte er und verschränkte seine Arme, während er sich in seinen Drehstuhl lehnte.

»Unsere Verkaufszahlen sind miserabel und deine Verkäufe sind in den letzten Monaten um fast dreißig Prozent gesunken.« Seine Stimme klang erzürnt und noch während er weitersprach, rutschte er tiefer in seinen zerschlissenen Chefsessel.

»Woran liegt das?«

Gunnar, der inzwischen Platz genommen hatte, stellte fast reumütig seinen Rucksack ab.

»Chef wir haben Herbst, da sinken die Zahlen doch immer etwas. Die Leute kaufen keine Wohnmobile im Herbst.«

Wortlos schob das mürrische Alphatier einen getackerten Papierstapel zu Gunnar rüber.

Er griff nach dem Papier und erkannte die Umsatztabellen, die sein Chef mit neonroten Kringeln hervorgehoben hatte.

»Der Herbst ist immer schwierig, da gebe ich dir recht. Aber deine Zahlen sinken schon seit Juni, mein Lieber!«

Es dauerte eine Weile, bis Gunnar die Tabelle mit seiner Personalnummer fand.

Genau genommen, brauchte er die Tabellen nicht. Er war sich seiner wenigen Verkäufe in den letzten Monaten bewusst. Schließlich war auch seine Provision gesunken und damit sein Budget für Leas Reich.

Seine privaten Angelegenheiten hatten viel Energie und Zeit gekostet, sodass er sich bei der Arbeit nicht besonders um neue Kundschaft gekümmert hatte.

Wortlos studierte er noch einige Sekunden die farbigen Tabellen und verglich sich mit den beiden anderen Kollegen.

»Ja Chef das stimmt. Mir ging es in den letzten Monaten privat nicht so gut. Aber das ist jetzt alles geklärt.«

»Jetzt? Jetzt haben wir doch aber den schwergängigen Herbst,« schob er mit einem forschen Unterton hinterher.

Gunnar fehlten die Argumente für seine Faulheit und Desinteresse an dieser Arbeit, die ihm nur Zeit kostete. Zeit, die er gern zu Hause verbracht hätte. Denn schließlich war dort der wichtigste Teil in seinem Leben.

»Chef, Sie wissen doch, dass ich mich inmitten einer Therapie befinde, damit ich mein Leben besser organisiert bekomme. Es läuft auch schon viel besser. Und ich denke, wir sind in ohnehin in den letzten Zügen. Vielleicht könnte ich ein paar zusätzliche Schichten übernehmen und wir sehen, wie es sich entwickelt«, schlug er vor und bereute dieses Angebot schon, als er es ausgesprochen hatte.

Wortlos zog der grimmige Oberbefehlshaber die Zettelei zu sich zurück und warf erneut einen Blick auf die Tabellen.

Irgendetwas murmelte er in seinen gelblich-verfärbten Bart, bevor er den Stapel erneut auf den Schreibtisch warf.

»Du übernimmst die nächsten zwei Schichten von Werner. Er wollte sowieso mal Urlaub machen. Danach sehen wir weiter.«

»Alles klar«, sagte Gunnar und griff nach seinem Rucksack, um schleunigst das Büro zu verlassen.

»Gleich übermorgen bist du acht Uhr hier«, ermahnte ihn sein Chef und verschanzte sich wieder hinter seinem kastigen Monitor.

Zusätzliche Schichten würden ihm wieder mehr Geld einbringen, aber auch weniger Zeit für die vom Gericht angeordnete Therapie. Und dann war da ja noch sein Gast...

KAPITEL 15

Gunnar berichtete wutschnaubend von seinen zusätzlichen Schichten und einem kleinen Bauvorhaben an seinem Haus, als Frau Angerstein erneut in seiner Kindheit herumzustochern versuchte.

»Herr Lehmann, sie hatten in der vergangenen Sitzung über Vorstellungen beim Jugendamt gesprochen. Welchen Grund hatte es dafür gegeben?«, fragte sie und schaute ihn fast mitfühlend an.

»Naja, zu Hause gab es häufig Prügel – selbst für Nichtigkeiten - und das ist den Lehrern in der Schule natürlich nicht entgangen.«

»Sie meinen sie haben auch sichtbare Verletzungen davongetragen?«, hakte sie nach und schwang ihren Stift energisch über das weiße Papier.

»Klar. Die Alte hatte doch immer etwas zu meckern und mein Vater…, ach von dem rede ich gar nicht erst!«

Gunnars Blick wandte sich ab, und hielt am Fenster inne. Einen kurzen Moment lang konnte er durch die Fenster in die Ferne Berlins schauen, bevor ihn schlimme Gedanken ereilten und ein angstverzogenes Gesicht hervorkam.

»Herr Lehmann, was geht in ihnen vor? Teilen sie diese Gedanken mit mir«, forderte sie ihn einfühlsam auf.

»Sprechen sie mit mir.«

Gunnar starrte regungslos Richtung Fenster. Seine Mimik war eingefroren und glatt gezogen.

»Ich weiß nicht mehr viel von früher. Aber die Gefühle, die mich manchmal überrennen, sind genauso schlimm, wie die kleinen Dinge, an die ich mich noch erinnern kann,« flüsterte er, als ob er mit sich selbst gesprochen hatte.

Frau Angerstein beobachtete ihn und wartete auf eine Veränderung in seinem Gesicht. Auch seine versteinerte Körperhaltung, fixierte sie eindringlich.

»Wissen sie? Wenn ich als kleiner Junge beim Jugendamt Stammgast war, dann sollte es dort eine Akte geben. Nicht wahr?«, erst jetzt verließ sein Blick das Fenster und er musterte Frau Angerstein, mit leeren, glasigen Augen. Ihre Blicke trafen sich nicht, weil sie begonnen hatte in ihren Unterlagen zu blättern.

»Dann kommen wir vielleicht weiter. Ich erinnere mich nicht an Details oder spezielle Situationen.«

Sie nickte nebenbei und schaute zu ihm hinüber.

»In der Tat. Das ist eine gute Idee.«

Sie lief zu ihrem Schreibtisch und zog zwei cremeweiße Formulare aus der Registerbox. Sie hämmerte ihren Praxisstempel auf das Papier, setzt einige Kreuze und brachte das Papier zu ihm.

»Herr Lehmann, wenn sie mir das hier bitte unterschreiben würden. Mit ihrem Einverständnis erhalte ich Akteneinsicht in die Akten aus ihren Kindheitstagen – sofern es welche gibt.«

Für Gunnar kam dieser Plan gelegen. Es war ihm auch nach über einem Jahr Therapie nicht möglich, auf diese weit zurückliegenden Erinnerungen zuzugreifen.

Unbekümmert und ohne zu zögern unterschrieb er die Zettel und reichte sie ihr zustimmend zurück.

KAPITEL 16

Vier Tage waren vergangen und Anika hatte das Bett nur für das Allernötigste verlassen. Sie hatte nichts Essbares mehr finden können und fühlte sich elendig.

Doch es blieb still. Es schien keiner in diesem Haus zu sein. Schon seit Tagen hatte sie nichts gehört.

Hatte er sie vergessen? Lebte er noch?

*

An diesem Abend stieß Gunnar die Kellertür auf und stürmte in den Raum. Wutentbrannt stand er schnaufend hinter der alten Kellertür und knallte diese mit einem Wisch ins Schloss.

»Wie lange willst du eigentlich noch im Bett liegen!«, brüllte er.

Anika erschrak. Zaudernd rutschte sie zum Kopfteil und zog sich die Bettdecke bis unter die Nase.

»Dir werd ich´s zeigen! Und dass, wo du es so gut bei mir hast!«, tobte er, als er wutentbrannt zum Bett hechtete.

Anikas Herz überschlug sich und eingeschüchtert, wie sie dort saß, krallte sie sich an der Bettdecke fest. Zu schwach war ihr Körper nach fast vier Tagen ohne etwas Essbares. Zudem waren die Schmerzen der Verletzungen von ihrer letzten Begegnung in ihrem Körper vorherrschend.

»Ich habe doch gar nichts gemacht«, flüsterte sie widerstandslos, während sie ihn nicht aus den Augen ließ.

Gleichgültig ignorierte Gunnar ihre Worte. Er warf einen schmutzigen, gefüllten Stoffbeutel in die Ecke und machte einen Satz in das Bett. Ruckartig schob er sich Anika zurecht und setzte sich sogleich auf ihre Beine.

Seine Hand griff nach ihrem Kopf und seine wutbesessenen Augen hielten direkt über ihrem Gesicht inne.

»Weißt du, was du mit mir machst? Dein Verhalten widert mich an!«

Noch während er sprach, spuckte er, wie ein tollwütiges Tier mit schaumigem Maul.

Sie war versucht ihren Kopf aus seinen Fängen zu ziehen, aber es gelang ihr nicht.

Ein leises Winseln kroch über ihre Lippen, denn für Worte war es zu spät. Seine Hand umfasste ihren Kiefer so fest, dass sie ihn nicht bewegen konnte. Wütend schob er seine abscheuliche Zunge in ihren Mund und krallte sich in ihr Haar.

Anika kniff ihre Lippen zusammen und fühlte wie sein Griff sich verstärkte und ihre Kopfhaut zu Schmerzen zu begann. Doch schon kurz darauf wich der katastrophale Schmerz und sie ahnte Schlimmes.

Doch Gunnar hatte nicht losgelassen. Gewaltsam zog er ihren Kopf zu sich und knallte ihn brutal an das Kopfteil des Bettes.

»Du gehörst mir! Und das bleibt auch so. Du machst, was ich dir sage, sonst wird das hier unangenehme Konsequenzen für dich haben. Hast du mich verstanden?!«, sabberte er, während sein rotverfärbtes Gesicht wieder direkt vor ihrem war.

Tränen liefen über ihre Wangen und verschleierten ihr die Sicht. Ein kurzes Schluchzen musste als Zustimmung reichen, bevor seine Pranken ihren Kopf endlich freigaben und er ein Stück von ihr abließ.

»Gut. Dann essen wir jetzt erstmal«, sagte er erzürnt und verließ das Bett.

Anika saß noch immer am Kopfteil des Bettes, als sie sich vorsichtig ins Haar griff. Langsam ertastete sie nässende, kahle Haut. Zitternd schaute sie auf ihre Hand, an der kleine, blutverschmierte Büschel klebten.

Gunnar wühlte in seinem schmutzigen Stoffbeutel und packte zwei eingeschweißte Sandwiches und zwei Cola-Büchsen auf den Tisch.

»Essen ist fertig!«

Übellaunig zog er den Stuhl zu sich und nahm Platz.

»Jetzt komm´ endlich, oder muss ich dich erst holen!«

Doch Anika bewegte sich kein Stück. Noch immer saß sie regungslos im Bett und starrte auf ihre Hände, als Gunnar sich unvorhergesehen erhob und demonstrativ mit dem Zeigefinger auf den Tisch tippte.

»Verdammt nochmal. Sieh zu, dass du herkommst!«

Anikas Körper fuhr zusammen und langsam krabbelte sie die Matratze entlang zur Bettkante. Benommen torkelte sie zum Tisch und ließ sich widerspruchslos auf dem Stuhl nieder.

»Na also«, murmelte er, während er eine der Kunststoffverpackungen aufriss und schließlich gierig abbiss.

Ausgehungert packte auch Anika die beiden Brote aus und biss rasch hinein.

»Du bist aber hungrig. Man könnte denken, du hättest Tage nichts gegessen«, grinste Gunnar und legte seine Hand geradezu verständnisvoll auf ihren Arm.

Anika erschrak und schaute zu ihm auf.

»Schon gut. Lass es dir schmecken, meine Liebe«, zwinkerte er ihr zu.

Sie war zu hungrig.

Hastig biss sie in die billigen Toastscheiben und hoffte, er würde nicht gleich wieder nach ihr langen.

Gefräßig verdrückte auch Gunnar die Mahlzeit und beobachtete Anika, die wie ein Jungtier, welches man vor Feinden schützen müsste, kleine Happen nahm.

Sein widerwärtiger Blick klebte an ihren Händen und ihren Lippen. Anika bemerkte seine Glotzerei und erwiderte seine Blicke nicht.

»Was möchtest du heute gerne machen?«, fragte er und nahm einen Schluck von der Cola.

»Ich…ich bin erschöpft. Wahrscheinlich werde ich krank«, sagte sie schnell und kaute weiter.

»Krank? Wovon denn? Hier gibt es keine Infektionskrankheiten oder sowas. Und ich bin kerngesund. Oder wie willst du dich angesteckt haben?«

Genervt griff er ihr an die Stirn, um sich zu vergewissern, dass sie nichts hatte.

»Fieber hast du jedenfalls keins.«

Anika stopfte sich den letzten Rest des Brotes in den Mund und kippte einen großen Schluck Cola hinterher, bevor sie sich gründlich rechtfertigen musste, um ihn auf Abstand zu halten.

»Ja das stimmt. Aber heute früh hatte ich ganz sicher Schüttelfrost.«

Wieder tätschelte seine Hand ihre Schulter.

»Na dann werde ich mich wohl etwas mehr um dich kümmern müssen.«

Fast blieb ihr das Toastbrot im Hals stecken. Seine fadenscheinige Zuwendung glich einer Drohung.

»Ich würde lieber wieder ins Bett gehen und versuchen zu schlafen.«

Gunnar lehnte sich zurück, während seine Blicke ihren Körper abscannten.

»Nette Taktik! Das zieht bei mir aber nicht!« Seine Worte hallten in ihren Ohren nach und Furcht machte sich breit.

Wie lange würde er sie hier festhalten? Lieber würde sie sterben, als diese gewaltsamen Stunden weiter ertragen zu müssen.

»Aber du darfst gern schon einmal ins Bett gehen. Ich kümmere mich gleich um dich.«

Ein Kloß wuchs in ihrem Hals und ihre Beine begannen zu zittern, als sie sich vom Stuhl erhob.

»Komm´ her, ich helfe dir«, sagte er und griff ihr sogleich unter die Arme.

Erschöpft nahm sie die Unterstützung an und ließ sich ins Bett fallen.

»Kann ich noch eine Cola haben?«, fragte sie freundlich.

»Klar. Ich hole dir eine.«

Gunnar huschte aus dem Keller und schien eine Treppe hinauf zu laufen. Doch die alte Kellertür rastete nicht im Schloss ein, sondern schwang am Rahmen.

Anika setzte sich auf und zwang sich, ihre Atmung zu verlangsamen, um besser hören zu können. Auf leisen Sohlen bewegte sie sich zur Tür. Noch immer zitterten ihre Beine und sie befürchtete, der Boden auf dem sie lief, könnte knarksen.

Barfuß schlich sie bis zur Tür und hielt kurz inne. Sie hörte ihn nicht. Wahrscheinlich ist das Haus größer, als sie angenommen hatte.

Vielleicht leben hier noch andere? Anika steckte ihren Kopf durch die Tür und entdeckte einen dunklen, schmalen Gang, der zu einer alten Holztreppe hinaufführte.

Noch immer war es ruhig.

Sie wagte einen Fuß auf den kalten Beton und lief unbemerkt bis zur Treppe. Ihre Füße waren eiskalt und rau. Und überhaupt, war es in diesem Vorraum kühler.

Wieder schaute sie die Treppe hinauf und lauschte einen kurzen Moment, als sie schließlich einen Schritt nach dem anderen die Stufen hinaufschlich.

Ihre Beine waren schwer und schmerzten bei jedem Schritt, während ihr Schädel noch immer hämmerte. Ihre Oberschenkel stachen beim Auftreten und ihr Rücken hatte Schwierigkeiten sie aufrechtzuhalten.

Jetzt hörte sie etwas.

Es war Gunnar. Er telefonierte.

Muchsmäuschenstill betrat sie die letzte Stufe und lugte durch den kleinen Türspalt.

Er schien über etwas verärgert zu sein und schimpfte lautstark.

Nur zu sehen war er nicht.

Vorsichtig schob sie die Tür weiter auf und fand einen kleinen Flur mit weiteren Türen. Alle waren geöffnet und sie konnte Licht auf dem Teppichboden erkennen. Warme Luft strömte an ihr vorbei und ihre Hände begannen zu kribbeln.

Nichts ähnelte einer Haustür, die nach draußen führen könnte. Zögernd schlängelte sie ihren Körper durch den Türspalt.

Zwei weitere, kleine Schritte durch das Haus fand sie einige Wandfotos von unbekannten Menschen; vielleicht Familienfotos, als plötzlich die Kellertür mit einem lauten Knall ins Schloss fiel.

Sie hörte, wie er das Telefon plötzlich wegwarf und schnellen Schrittes näherkam.

Verzweifelt hastete sie die Stufen hinab und riss fieberhaft an dem Türknauf. Ihre Hände zogen und drehten an dem kalten Metallball. Das Geräusch glich einem Sturm, der durch die Tür hindurchziehen wollte, als sie plötzlich aufsprang.

Fluchtartig rannte sie zurück in ihr Gefängnis und eilte zum Bett.

Gerade als sie die Bettdecke über ihre Beine geworfen hatte, öffnete Gunnar die Tür und scannte das Zimmer ab.

»Denkst du ich weiß nicht, was du gemacht hast?«, sagte er und warf die Tür hinter sich zu.

»Wie lange hast du mich schon belauscht, hm?«

Seine Augen waren tiefschwarz, als ob der Teufel Besitz von ihm ergriffen hätte. Die Falte zwischen seinen Augen rollte sich zu einer dicken Wulst zusammen und er wirkte zorniger denn je. Fast schleichend blieb er vor der Küchenzeile stehen. Seine Hände ballten sich zu Fäusten zusammen und wie auf der Jagd plauzte seine Faust auf die Arbeitsplatte. Ungehalten marschierte er auf das Bett zu und holte aus, als seine flache Hand ihr Gesicht traf und Anika zur Seite kippte.

»Du behandelst mich mit Respekt. Ist das klar?«, dröhnte seine tiefe Stimme durch das Zimmer.

Weil Anika liegen blieb, zerrte er sie an ihrem Haar zurück, bis sie saß und wiederholte seine Frage eindringlicher. Dieses Mal aber mit zusammengebissenen Zähnen und fast spuckend.

Anikas Gesicht hatte sich in sich in zwei Farben geteilt. Eine blasse, fast weiße Seite und eine burgunderrote. Ihr Gesicht glühte, als hätte man sie mit einem Brandkolben markiert. Ihre Augen tränten. Jedoch wusste sie nicht, ob es

Tränen waren, oder ob ihr geschwächter Körper andere Flüssigkeiten verlor.

»Ja«, wimmerte sie und hoffte, er würde von ihr ablassen.

»Gut! Und jetzt mach Platz. Du wolltest doch, dass ich mich um dich kümmere, jetzt wo du krank bist.«

Gunnar schob sie ruckartig zur Seite und verschaffte sich Platz im Bett. Sitzend streifte er sich die Jeans von den Beinen und schmiegte sich an sie, als wolle er sie wärmen.

»Wir kriegen dich schon wieder gesund«, sagte er und umarmte sie, als wäre sie sein Kind.

Leise schluchzend lag sie in seinen Armen und wünschte sich, er würde einfach einschlafen. Aber schon in diesem Moment begann er, an ihrem Hals zu riechen und sog ihren Duft laut hörbar ein.

»Du riechst noch immer genauso gut, wie früher«, hauchte er in ihr Ohr.

Anika hustete und versuchte sich ein Stück aus seinen Armen zu drehen. Aber Gunnar, der gerade seine fürsorgliche Seite auslebte, klemmte seinen Arm enger um ihre Schultern.

Wortlos lagen sie einige Minuten nur da.

»Du wolltest mir noch eine Cola bringen. Mein Hals schmerzt«, flüsterte sie verängstigt.

»Das stimmt, aber dann hast du ja beschlossen einfach meine Privatsphäre zu stören. Ich gehe nachher noch einmal nach oben. Lass uns so lange die Zweisamkeit genießen.«

Die Zeit schien still zu stehen. Keiner bewegte sich. Anika schielte in seine Richtung und hoffte erneut, dass er schlafen würde.

Stattdessen erschrak sie, als sie bemerkte, dass er sie beobachtete.

Noch bevor sie ihren Kopf wieder ein Stück unter der Bettdecke verstecken konnte, griff er nach ihrem Kinn und drückte seine Lippen fest in ihr Gesicht.

»Du glaubst gar nicht, wie lange ich darauf gewartet habe«, stöhnte er und zog sie näher zu sich.

Anika hustete und schniefte und hoffte, er würde wegen ihres Schnupfens von ihr ablassen.

Was er plötzlich tat.

Gunnar rollte sich zu dem kleinen, alten Nachtschrank direkt am Bett hinüber und zog die Schublade auf.

Sie hörte ein kühles klirren – sah aber noch nichts.

Geschickt bewegte sich Gunnar zurück zu ihr und ließ die eisigen, metallenen Ringe um ihre schmalen Handgelenke klicken, um sie oberhalb am Bettgestell zu fixieren.

Einen Atemzug lang genoss er diesen Anblick, als er sie begierig musterte. Doch dann legte sich seine Hand um ihren Hals und fuhr zunächst die feinen, aber sichtbaren Gefäße entlang, bevor sein Daumen fest auf ihren Kehlkopf drückte.

Anika lechzte mit weit aufgerissenen Augen nach Luft. Sie wollte etwas sagen, doch sie bekam kein Laut heraus. Gunnar genoss seine Macht, während sie gequält in seinem Arm lag und ihre Beine strampelnd auf die Matratze schlugen. Ihre Augen verfärbten sich rot und Gunnar stöhnte lustvoll, als damit das Gefühl von Dominanz und Überlegenheit durch seinen Körper zog.

»Du machst mich verrückt!«

Sein Daumen ließ schließlich langsam los als sein bizarrer, düsterer Blick an ihrem Atem haftete.

Heftig japste Anika nach Luft, während sich ihr Brustkorb fieberhaft auf- und absenkte. Salzige Tränen liefen ihr aus dem Gesicht, während er seine flache Hand auf ihrem Brustkorb ablegte und ihn gen Matratze drückte.

»Ja. Atme!«

Erst als ihr angsterfüllter Körper allmählich zur Ruhe fand, vergrub er seinen Kopf in ihrem Dekolleté.

Anika blickte regungslos zur Kellertür.

Niemals hätte sie geglaubt, von einem Irren entführt und festgehalten zu werden.

Gerade jetzt, in diesem Moment, überkam sie das Gefühl, es könnte zu Ende gehen. Sie spürte ihre Beine nicht mehr und ihr Kopf schien trotz der Schläge und der Luftnot schmerzfrei zu sein. Sie fühlte nichts.

Alles war taub.

KAPITEL 17

Claudette Angerstein zog die Klappe ihres Briefkastens nach unten und sammelte ihre Post zusammen.

Aufmerksam sichtete sie die großen, braunen Umschläge. Viele davon waren Anträge von Gerichten für Gutachten oder Seminarangebote samt Werbekatalog.

Außenstelle für Jugend und Soziales Berlin, las sie auf einem der großen Umschläge, als sie kurz darauf wieder in ihrem Büro eintraf.

Rasch löste sie die Lasche und öffnete den Umschlag.

Neugierig zog sie eine Aktenkopie samt ausführlichen Begleitschreiben heraus und nahm vertieft im Sessel am Fenster Platz.

Endlich würde sie einen Einblick in die zerrüttete Kindheit ihres Klienten bekommen.

Sie begann sich primär verschiedene Textpassagen farbig zu markieren und notierte sich kurze Stichpunkte in ihrer eigenen Akte.

Gunnar war im Alter von drei Jahren adoptiert worden, weil das leibliche Kind der Lehmanns noch im Vorschulalter an einer aggressiven Form von Leukämie verstorben war.

Sein Stiefvater musste ihn regelmäßig verprügelt haben und seine Stiefmutter hatte unzählige Eintragungen in der Polizeiakte wegen Diebstahl, Drogenmissbrauch und Körperverletzung.

Laut einer Befragung von 1997 durch einen Jugendamt-Angestellten – da musste Gunnar ungefähr elf Jahre alt gewesen sein – hatte es schwere missbräuchliche Übergriffe in der Familie gegeben.

Der Junge wurde übersät mit blauen Flecken, Platzwunden und Fixierungsmalen an Händen und Beinen aus dem Elternhaus geschafft. Seine Mundwinkel wiesen unverheilte, eitrige Risse auf und sein Haar musste ihm büschelweise herausgerissen worden sein. Die Fotos aus der Akte hatten kahle Stellen an seinem Kopf dokumentiert. Zudem fand sie Fotos, auf denen schwarzes Fixierband an seinen Handgelenken angebracht war.

Gunnar hatte sich damals nicht zu den Vorfällen geäußert. Er hatte bei keinem der Verhöre auch nur ein Wort gesprochen.

Ein kleines Notizbuch mit der Aufschrift *Mein Tagebuch* wurde durch die Polizei sichergestellt. Es handelte sich um ein buntes, mit Fahrzeug-Stickern verziertes Buch, welches von einem Gummiband zusammengehalten wurde. Der Inhalt wurde archiviert und Claudette blätterte weiter – zu einer Kopie eines Eintrags aus dem Jahr 1995.

Liebes Tagebuch,

heute war ein doofer Tag! Mutter hat mich heute schon um 16 Uhr ins Zimmer geschickt und dann wusste ich, dass ich wieder Besuch bekomme. Heute waren zwei Männer bei mir und ich habe artig gemacht, was mir aufgetragen wurde. Der eine hat mich die ganze Zeit nur angestarrt und der andere sagte, dass er mich zum Mann machen würde.

Ich fühle mich nicht wie ein Mann, denn heute tut es beim Pinkeln wieder weh.

Claudette rieb sich die Augen und unterbrach ihre Recherche für einen Augenblick. Sie ahnte, was er durchgemacht haben musste. Die handschriftlichen Worte dieses kleinen Jungen wirkten deutlich lebhafter und grausamer, als die Texte aus der Polizeiakte.

Sein Stiefvater war laut der Aussage der Stiefmutter, nur an den Wochenenden im Haus gewesen. Er arbeitete im Transportdienst und war unter der Woche selten zu Hause, weshalb er von den Übergriffen mutmaßlich nur wenig mitbekommen - oder gar nicht erst hingeschaut hatte.

Bedeutungsvoll waren da noch die älteren Buntstift-Zeichnungen.

Gunnar hatte diese Bilder im Alter von fünf Jahren gemalt und wohl einem Jugendamt-Mitarbeiter beim Einzelgespräch geschenkt.

Dass damals nicht schon einer eingegriffen hatte, ist unverständlich, dachte Claudette.

Eines der Bilder zeigte sechs schwarze Gestalten, die der Reihe nach vor Gunnars Bett standen. Gunnar selbst hatte sich als farbloses Strichmännchen im Bett gemalt.

Aber vor gut fünfunddreißig Jahren gab es diese Art von Untersuchungen noch nicht.

Mit elf Jahren wurde er aus dem Haus gebracht, als er mit einem Fleischklopfer auf seine Mutter eingeschlagen hatte. Die Nachbarin hatte damals die Polizei gerufen, die den lautstarken Tumult im Haus kurz darauf auflösten.

Kurze Zeit später hatte sich Gunnars Großmutter gemeldet und nahm nach viel Bürokratiearbeit den Jungen bei sich auf.

Außerdem fanden sich in seiner Akte einige, wenige Kurznotizen, die im Gespräch mit seinen Lehrern stattgefunden hatten.

Seltsamerweise war es kurz von dem häuslichen Eklat zu einem vorrübergehenden Ausschluss vom Unterricht gekommen.

Eine Lehrerin hatte einen Übergriff geschildert, als Gunnar einem Jungen eine Hand voll Sand in die Unterhose gestreut hatte und kurz darauf mehrfach gegen dessen Genitalien getreten hatte.

Claudette notierte sich etwas und blätterte weiter.

Inzwischen war sie sich sicher, dass Gunnar sich an diese Ereignisse nicht mehr erinnern konnte. Solch grausame Erlebnisse werden häufig von den Patienten verdrängt und tief im Unterbewusstsein verschlossen. Auf diese Weise schützt sich der menschliche Körper und sichert das eigene Überleben. Auf die Frage von Missbrauch, können diese Patienten dann nicht antworten, weil ihnen diese Übergriffe nicht bewusst sind. Das Gehirn riegelt hier vorsorglich ab, um weiteren Schaden oder gar ein Retrauma zu verhindern. Nur ein tiefes, inneres Gefühl vermittelt ihnen flüchtig, dass etwas nicht Ordnung war. Häufig geschieht dies in Form eines unerklärbaren Triggers. Die Opfer empfinden dann ein starkes, unwohles Gefühl – einen Drang - welches an das Erlebte geknüpft ist – jedoch zumeist ohne die klare Erinnerung zur Situation.

Das Aufdecken von Erinnerungen oder der Zugang zu dem Erlebten, war oftmals ohne eine langjährige Therapie unmöglich.

Claudette wusste nun, wie sie die Therapie mit ihm fortführen musste.

Aber sie beschlich noch etwas weitaus Schlimmere…

KAPITEL 18

»Kommst du auch zum Mitarbeiterfest am Freitag«, wollte Tom wissen während er sich seinen Bürodrehstuhl zu Kais Schreibtisch zog und sich niederließ.

»Hier ist besetzt«, knurrte er zurück. Tom ignorierte seine miese Laune und rollte langsam, provozierend näher zu ihm.

»Hattest wohl noch keinen Kaffee heute?«

Als Kai weiter unbeeindruckt und stur auf seinen Monitor starrte, rollte Tom weiter zu ihm.

»Hast du schon den Bericht vom KTI* über die junge Frau gelesen?«

*KTI – Kriminaltechnisches Institut

Kai schüttelte stumm und desinteressiert den Kopf.

»Da gibt es offenbar Unstimmigkeiten und der alte Weißborn vermutet, dass das Opfer seinen Täter kannte.«

Kai lehnte sich zurück und schien ihm nun aufmerksamer zuzuhören.

»Einige der Verstümmelungen an dem Mädchen wurden wohl postmortal zugefügt. Das erklärt auch, warum trotz der massiven Schnittwunden, keiner etwas gehört hat,« erklärte Tom und warf den Bericht auf Kais Tisch.

Schniefend griff Kai nach der Akte und blätterte gähnend den Bericht durch.

»Ich glaube nicht, dass sie den Kerl kannte. Er wählt die Frauen zufällig aus. Sie passen in irgend ein Range. Vielleicht waren die Opfer in der Vergangenheit selbst straffällig und er wählt sie deshalb aus. Wir müssen uns in ihn hineinversetzen. Da gibt es ein Muster, dass wir übersehen.«

»Er muss sie gehasst haben. Die postmortalen Verletzungen sind brutal und willkürlich. Er muss wütend gewesen sein. So etwas tut man nicht aus einer Lust heraus. Vielleicht hat sie ihn provoziert. Oder er hat sie doch näher gekannt. «

»Dann muss der Kerl aber viele Frauen gekannt und gehasst haben. Da passt etwas nicht zusammen. «

»Glaub mir, der Kerl verachtet Frauen und sucht sich die Opfer nicht in Clubs, sondern auf der Straße. Wahrscheinlich flirtet er erst mit ihnen, bevor er ihnen vor ihrem Haus auflauert, um sie wegzuschleppen.«

Kai schob den Stapel Fotos zur Seite und lehnte sich in seinen Drehstuhl zurück. Nachdenklich verschränkte er die Arme über dem Kopf und drehte den Stuhl gelangweilt um 180 Grad hin und her.

»Claudette vermutet, die Opfer scheinen ihm mehr zu bedeuten. Als ob er Beziehungen mit ihnen führt.«

»Schon möglich.«

Tom fuhr samt Drehstuhl zurück zu seinem Schreibtisch.

»Und? Kommst du zur Fete?«, rief er noch.

Kai warf seine Hände auf den Schoß und lehnte kopfschüttelnd ab.

»Nein, ich habe schon etwas vor.«

»Was denn?«

Kai lächelte verschmitzt, zog seine Jacke von der Lehne und drehte ihm den Rücken zu.

»Sind wir hier beim Verhör oder was?«

*

»Frau Dr. Angerstein, der nächste Klient ist jetzt da,« dröhnte die urige Gegensprechanlage der psychiatrischen Klinik.

Claudette drückte auf den roten Knopf an dem antiken Gerät und bat die Vorzimmerdame, den nächsten Patienten hineinzuschicken.

Gunnar war heute ihr zweiter Termin.

»Guten Morgen Herr Lehmann«, begrüßte sie ihn freundlich und deutete mit einer Handbewegung auf den Klientensessel.

»Hallo Frau Angerstein«, sagte er kurz und nahm wie üblich gleich Platz.

»Wie geht es ihnen Herr Lehmann? Möchten sie zu Beginn etwas loswerden?«, lenkte sie den Dialog mit zunächst oberflächlichen Fragen ein.

»Auf der Arbeit kriselt es ein wenig. Ich muss jetzt Doppelschichten schieben.«

»Das klingt nach viel Arbeit. Ist das zu schaffen?« fragte sie besorgt.

»Ja schon. Meine Verkäufe sind in den vergangenen Monaten etwas zurückgegangen«, begründete er kurz angebunden.

»Dann wird es doch hoffentlich nicht zu viel für sie werden?«

»Nein das geht schon. Außerdem kann ich das zusätzliche Geld gebrauchen. Sie wissen ja – mein Bauprojekt«, erinnerte er sie.

»Ich erinnere mich.«

Claudette blätterte in ihrer Akte und überschlug die Beine.

»Herr Lehmann, lassen sie uns einen Moment über ihren Vater sprechen. Ich hatte mir notiert, dass er selten zu Hause war. Wie war ihr Verhältnis zu ihm?«

Wie so üblich griffen seine Hände sich entnervt an die Stirn und fuhren langsam bis zum Haaransatz hinauf, als er lautstark ausatmete.

»Sie wissen doch, dass ich mich kaum an den Kerl erinnere«, antwortete er und holte noch einmal deutlich hörbar Luft.

»Natürlich weiß ich das. Aber wir wollten dennoch daran festhalten. Schließlich befindet sich der Schlüssel häufig im Verborgenen«.

Seine Hand rubbelte rastlos an seiner Stirn auf und ab, als ob er eine Anspannung lösen wollte.

»Er war doch immer auf Montage oder sowas.«

»Ja das stimmt. Herr Lehmann, ich hatte mich beim Amt für Soziales nach Unterlagen von ihnen informiert und gerade gestern habe ich eine Akte erhalten. Es handelt sich dabei um ihre Jugendamt-Akte. Darin wurden die Vor-Ort-Gespräche dokumentiert und ich konnte mir schon einen kleinen Überblick verschaffen.«

»Aha. Dann wissen sie jetzt wahrscheinlich mehr als ich.«

Gunnar biss sich die Haut vom Fingernagel und erschien unerwartet desinteressiert. Wie abwesend schaute er abwechselnd im Zimmer umher und auf seine blutig gebissene Nagelhaut.

»Von ihrer schwierigen Jugend habe ich gelesen, dennoch haben sie sie erlebt. Wir wissen nun aber, das im Alter von vier bis elf Jahren das Trauma seinen Ursprung hat und wir mit diesen Sitzungen ihre Schwankungen und Probleme vielleicht auflösen können.«

Einen Augenblick lang wirkte er ertappt und dennoch schien er sich nicht für den Inhalt seiner Akte zu interessieren.

Claudette betrachtete seine nervösen Gesten und ahnte, dass sie ihn überfordern würde, würde sie ihn weiter ausfragen. Er stand bereits vor dem Tunnel seiner alten Erlebnisse und nutzte das wirre Gestikulieren, um die Emotionen, die ihn überrannten zu kompensieren.

Er riegelte ab und ergriff selbst jetzt, als er die Möglichkeit hatte, seine Muster und Trigger zu verstehen, die Flucht.

»Sie müssen keine Angst vor ihrer Vergangenheit haben. Das schlimmste haben sie längst hinter sich, weil sie es selbst erlebt und durchgestanden haben. Sie sind hier sicher und es geht ihnen gut«, erklärte sie ihm mitfühlend.

Gunnar leckte sich über die blutige Fingerspitze und Claudette fragte sich, ob er überhaupt noch zuhörte.

»Sie dürfen jetzt darauf schauen, warum ihnen manche Situationen Angst machen oder weshalb manches Wort so plötzliche Wut in ihnen auslöst.«

Gunnar nickte abwesend.

Jetzt waren sie genau dort, wo sie hinmussten, um sein Verhalten zu analysieren und die verzwickten Muster anzugehen.

KAPITEL 19

An diesem kühlen Novembermorgen hatte Anika es geschafft ihre verklebten Augen zu öffnen und sich zu der übelriechenden Trockentrenntoilette ihres Zimmers zu schleppen.

Ihre Beine schlurften über den Boden und ihr schmieriges Haar klebte schon an ihrem Gesicht. Alles roch nach Schweiß, Urin und fast schon nach Verwesung, doch das Waschen hatte er ihr untersagt.

Ihre Handgelenke brannten, weil die Metallschellen wunde Druckstellen hinterlassen hatten. Ihr Körper hatte stark an Gewicht verloren und sie wäre am lieber gestorben, als diese Bestie erneut ertragen zu müssen.

Wieder hatte er nichts Essbares dagelassen und gestern hatte er es offenbar nicht geschafft, sie zu versorgen.

Sie würde nicht noch eine Woche hier überstehen. Ihre Rippen schmerzten elendig. Wahrscheinlich hatte sie eine Prellung oder eine entzündete Platzwunde – so fühlte es sich an.

Aber diesen Irren schienen derartige Verunstaltungen nicht weiter zu interessieren. Offenbar fielen ihm ihre Verletzungen nicht einmal auf.

Er jagte seiner eigenen Phantasie nach, eine Beziehung zu führen, die sich zweifellos nur aus gewaltsamer Kontrolle und Sex zusammensetzte.

Anika lauschte an der Kellertür und drückte die Klinke vorsichtig nach unten.

Natürlich war die Tür verschlossen.

Weinend hockte sie sich vor das Türblatt und begriff allmählich, dass es nur einen Ausweg geben konnte.

Wie lange würde das hier noch gehen? Kein Mensch würde diese Qualen ewig überleben können. Und schon gar nicht ohne Nahrung.

Sie war sich sicher, würde er sie wieder zwei oder gar drei Tage warten lassen. Vielleicht würde sie hier einfach einschlafen und nicht mehr aufwachen.

Vom Zerfall gekennzeichnet hatte ihr Körper seine Kräfte und Reserven gebündelt, um zumindest heute noch durchhalten zu können. Aber zu mehr war sie längst nicht mehr in der Lage.

Plötzlich hörte sie Jemanden sprechen. Sie drückte ihr Ohr an das Schlüsselloch. Zweifelsfrei handelte es sich um Gunnars Stimme. Eine weitere Stimme war nicht zu hören.

Er schien wieder zu telefonieren und wie ein eingesperrtes Zootier hin und her zu laufen - als die Geräusche plötzlich ausblieben.

Kurz blieb es ruhig und Anikas Ohr klebte förmlich am Schlüsselloch.

Schritte waren zu hören und sie kamen direkt auf sie zu.

Ermüdet hiefte sie sich auf und schleppte sich rasch zum Tisch. Dieser kurze Weg wurde von Tag zu Tag kräftezehrender und erschien ihr wie ein Bergaufstieg. Ihre schmerzenden Beine ließen sich nur noch mühsam bewegen. Und so hielt sie sich vorsorglich an der Wand und an den Stühlen fest, um nicht das Gleichgewicht zu verlieren.

Sie hatte sich absichtlich nicht in das Bett gelegt. Zu groß war die Angst, er würde dort wieder wie ein Barbar über sie herfallen.

Es klackte im Schloss und langsam öffnete sich die Tür.

Zunächst schaute nur ein Kopf durch den schmalen Türspalt.

»Was machen sie denn hier? Und wer sind sie?«

Wie perplex blickte Anika zur Tür, als ein kalter Schauer von ihren Schultern über den Rücken hinabfloss.

War das ein neues Spiel? Und wenn ja, was ist die richtige Antwort?

»Ich habe sie etwas gefragt«, rief er noch immer durch den Türspalt lugend.

»Ich-warte-hier?«, brachte sie nur zögernd hervor.

»In meinem Haus? Auf wen denn?«
Anika traute sich nicht, um Hilfe zu bitten. Vielleicht würde er es ihr übel nehmen und sie erneut dafür bestrafen. Noch so eine Tortur würde sie nicht überleben.

»Na auf sie«, gab sie leise zurück.

»Ich werde die Polizei rufen. Sie sind doch krank!« rief er und knallte die Tür zu.

Als Anika das Wort Polizei vernahm, mischte sich schlagartig ein kleiner Hoffnungsschimmer in ihr Herz und sie begann zu hoffen, dass schon bald die Polizei kommen würde.

Sie würde gerettet werden und könnte weiterleben. Aber was war mit ihm los? Was war das für eine Stimme? Gunnar klang, als wäre sein Besuch, Teil einer Theateraufführung gewesen, denn er sprach zögerlich und seine Stimmfarbe schien viel heller zu sein.

*

Stunden vergingen, aber weder die Polizei, noch Gunnar kamen.

Stille hatte sich breitgemacht und die Hoffnung auf Rettung verschwand von Minute zu Minute.

Was war das für ein krankes Spiel?

Hätte sie Jemand anderes sein sollen? In eine Rolle schlüpfen müssen?

Sie schaffte es nicht, weiter darüber nachzudenken und schlief schließlich ein.

Einige Stunden später öffnete sich die Kellertür erneut.

Gunnar spazierte gut gelaunt zum Tisch und zwinkerte ihr zu.

»Hast du mich schon vermisst?«

Er versprühte einen Hauch von Heiterkeit, die sich schnell in Luft auflöste, als Anika begriff, dass er den Abend wohl wieder mit ihr verbringen würde.

»Heute habe ich etwas vom Chinesen mitgebracht«, sagte er, als er mit der roten, halbtransparenten Plastiktüte vor seiner Nase umherwedelte. Zufrieden holte er zwei Gläser aus dem Schrank und pfiff eine Melodie, die sie nicht kannte.

»Ich habe auf der Arbeit im Moment viel zu tun, aber es läuft besser, als ich angenommen hatte. Deshalb gibt es heute etwas ganz Besonderes.«

Stolz platzierte er zwei Pappschachteln gefüllt mit chinesischen Bratnudeln und Gemüse auf dem Tisch. Außerdem legte er an jeden Platz ein gold-foliertes Glückskeks.

»Die gibt es aber erst nach dem Abendbrot,« wieder zwinkerte er ihr zu.

Es roch süßlich und nach warmen Essen und Anika machte sich humpelnd auf den Weg zum Tisch.

»Es riecht gut.«

»Das habe ich nur für uns zwei organisiert.« Sein Verhalten glich dem eines Millionärs, der zum hors d´oeuvre gerufen hatte.

Mit zwei Gabeln in der Hand nahm auch er Platz und rutschte mit seinem Stuhl direkt neben sie.

Anika war nicht wohl bei dieser Nähe, aber der Hunger war zu groß, sodass sie still blieb.

»Lass es dir schmecken mein Schatz«, sagte er und hauchte ihr rasch einen Kuss auf die Wange.

Anika hatte die Gabel schon in die Bratnudeln gestochen und schob sich eine große Portion direkt in den Mund.

Wer weiß, wie lange dieser Zustand anhalten würde, dachte sie.

Zu oft hatte ihn beim Essen etwas aufgeregt, sodass sie wider Erwarten hungrig und mit einer Tracht Prügel einschlafen musste.

»Es schmeckt sehr gut«, nuschelte sie mit vollem Mund und gab sich große Mühe, dass dieses Lob auch bei ihm Anklang fand.

Gunnar nickte erfreut und aß weiter. Anika versuchte das Gespräch am Laufen zu halten, weil ihn die Stille dann nicht auf andere Gedanken brachte.

Auf der Verpackung las sie *Huong Asia Store*, als ein Kribbeln ihren Körper durchfloss.

Sie kannte diesen kleinen, abgeschiedenen Imbiss, was bedeutete, dass sie offensichtlich noch in Berlin war.

Warum freute sie das? Es würde ihr nichts Nützen. Dennoch fühlte sie sich ihrem Vater und insbesondere ihrem zu Hause nah und so zeichnete sich ein neuer, kleiner Lichtblick in ihrem Kopf ab.

Gierig aß sie weiter, während ihr Blick auf der Verpackung mit der Ladenbezeichnung verharrte und sie sich an die Nachmittage erinnerte, an denen sie dort gegessen hatte.

KAPITEL 20

Gunnar hatte gerade seine Doppelschicht hinter sich gebracht, als sein Chef ihm beim Verlassen des Platzes auf die Schulter klopfte.

»Siehst du, es geht doch.«

Gunnar nickte zufrieden und schaute ihn nur beiläufig an.

»Die letzten drei Wochen, waren der Hammer. Ich könnte sie glatt zum Mitarbeiter des Monats küren«, ergötzte sich der Alte an den steigenden Verkaufszahlen und erstickte fast an seinem schleimigen Raucherhusten.

»Chef, sie sollten weniger rauchen«, scherzte Gunnar vorsichtig.

Sein niederträchtiges Lachen hallte über den Hof und ließ nur erahnen, welches Maß an Zigaretten und Alkohol er täglich konsumierte.

»Schönes Wochenende«, wünschte Gunnar, bevor er die Straße überquerte und in seinen alten, silbernen Volvo stieg.

Das kommende Wochenende hatte er frei, deshalb war auch seine Laune überdurchschnittlich gut.

*

Gegen Zwanzig Uhr schloss Gunnar die Kellertür auf und begrüßte Anika, als wäre sie ein langjähriger Mitbewohner seiner WG.

»Hey meine Schöne. Habe ich dir schon erzählt, dass meine Woche herausragend gut verlaufen ist, und ich sogar Mitarbeiter des Monats werden könnte?«

Anika, die in ihrer Bettdecke eingerollt auf der Bettkante saß, schaute ihn ausdruckslos an.

Ihr Magen schmerzte und ihre Arme und Beine hatten angefangen willkürlich zu zittern.

»Nein«, murmelte sie leise.

Es war unmöglich sie sich seiner Freude anzunehmen.

Aber genau das war es, was er erwartete.

Als Gunnar bemerkte, dass Anika wie angewurzelt am Bettrand klebte, kam sein wutverzerrtes Gesicht wieder zum Vorschein.

»Kannst du dich vielleicht auch ein einziges Mal für mich freuen?«, fuhr er sie verärgert an.

»Ich bin immer für dich da und von dir kommt nichts!«

Anika konnte fühlen, wie der Wutpegel in ihm stieg. Seine Augen formten sich dann zu kleinen, schmalen Schlitzen und an seinem Hals tauchten reihenweise pulsierende Adern an der Oberfläche auf. Seine Mundwinkel sanken ab und die Zornesfalte wurde fester Bestandteil seines

Gesichts. Seine ganze Körperhaltung wurde maskuliner und schließlich wirkte er wie ein massiver Schrank, dessen Inhalt nichts Gutes verhieß.

»Ich freue mich für dich. Was arbeitest du eigentlich, wenn du sogar Mitarbeiter des Monats werden kannst?«, fragte sie vorsichtig.

»Als ob dich das interessiert! Ihr Weiber seid doch nur für eins gut und du bist keinen Deut besser!«

Genervt lief er zu ihr und packte sie am Arm.

»Es interessiert mich wirklich«, stotterte Anika, als er sie zum Tisch zog

»Nein, wirklich. B-bitte erzähl es mir.«.

»Ach tatsächlich?«

Noch während er immerzu an ihrem Arm zerrte, stolperte Anika über die Decke, die sie noch immer umhüllte.

Sie verlor das Gleichgewicht und ging rücklings mit dem Steißbein auf den alten Holzboden nieder. Kurz schrie sie auf, als der

Steiß vom Aufprall den Rücken hinaufzog und ein kurzes Kribbeln in ihren Beinen hinterließ.

»Was machst du hier für ein Theater! Stell dich nicht so an!«

Gunnar ergriff die Chance und setzte sich kurzerhand auf ihr Becken. Rabiat drückten sie seine neunzig Kilo in den Boden.

Anika, die ihren Sturz noch veratmete, kniff ihre Augen schmerzlich zusammen.

»Auu«, rief sie und versuchte ihn abzuschütteln.

»Was? Au? Ich kann für deine Dummheit nichts!«

Sie versuchte sich von seinem Gewicht zu befreien und ihn mit ihren aufgeschürften, schmalen Armen wegzudrücken.

Doch Gunnar machte das nur noch wütender, sodass er ein Stück weiter hinaufrutschte. Anika schrie laut auf und schlug mit ihren Fäusten gegen seinen Brustkorb, als ein lautes Knacken durch ihren Körper zog und eine ihrer Rippen brach.

Noch bevor sie sich losreißen konnte, presste er seine Hand auf ihren Mund.

»Halt´s Maul!«

Er rieb sein Becken auf ihrem und überhörte das Knirschen in ihrem Körper, dessen Geräusch, zerbrochenem Porzellan glich.

Erregt von ihrer Zappelei rutschte er noch heftiger auf ihrem Körper umher, als es ein weiteres Mal laut knackte und Anika ihr Bewusstsein verlor.

»Hey! Was soll das, du Simulant!«, rief er und schlug auf ihr Gesicht ein.

»Wach auf!«, rief er und holte erneut aus.

Anika blieb regungslos liegen, als er schließlich sein Glied aus seiner Jeans holte und sich erregt über ihren Brüsten entleerte.

»Schlampe!«

KAPITEL 21

Vier Tage waren seit Gunnars Übergriff vergangen und während Anika gekrümmt vor Schmerzen das Bett nicht mehr verlassen konnte, schien er von seinem folgenschweren Wutausbruch nichts weiter mitbekommen zu haben.

Sein Volvo parkte vor dem massiven Altbau in dem sich die Klinik von Frau Angerstein befand.

Obwohl er schon lange keine Zigarette mehr angerührt hatte, gab es diesen verstaubten Tabakrest in seinem Handschuhfach. Versteckt in einer blechernen, alten Dose, in der die schmalen Glimmstängel nur darauf warteten, dass er wieder die Geduld verlor und stumpfsinnig zugriff.

Er nahm den ersten Zug und die rote Glut flammte eine Sekunde lang auf, bevor er den grauen Nebel ausatmete und hustete.

Heute fehlten ihm die Themen. Kurz kam ihm der Gedanke die heutige Sitzung abzusagen, aber aufgrund seiner Auflagen, würde er die Absage umfangreich begründen müssen. Also ließ er sich auf den altbekannten, lahmen Patienten-Therapeuten-Dialog ein.

Gunnar nahm einen letzten Zug und schnipste den ausgedienten Stummel hinter das Auto.

*

Gelangweilt wartete er im leeren Wartebereich und beobachtete den Sekundenzeiger der urigen Wanduhr.

»Sie können jetzt rein«, rief die Vorzimmerdame, die im Türrahmen stand und freundlich zum Therapieraum deutete.

Wortlos lief er in das Zimmer, schloss die Tür hinter sich und machte es sich auf dem pinken Sessel bequem.

Frau Angerstein saß noch an ihrem Schreibtisch und schien vertieft, während sie in einer aufgeschlagenen Akte las.

»Ich bin gleich bei ihnen«, entschuldigte sie ihr Fernbleiben beiläufig ohne ihre Arbeit zu unterbrechen.

»Dort drüben steht eine Karaffe mit Wasser, wenn sie mögen.«

»Nein danke,« murmelte er sichtlich angeödet.

Es vergingen noch einige Minuten, bevor sich Frau Angerstein in der Beratungsecke einfand und ihn höflich begrüßte.

»Guten Tag, ich muss mich entschuldigen. Die Technik war heute Morgen ausgefallen, deshalb hat es noch einen Moment gedauert.«

Gunnar presste die Lippen zusammen und nickte langsam.

»Gut. Dann lassen sie uns anfangen.« Claudette schenkte sich ein Glass Wasser ein, bevor sie wieder Blickkontakt mit ihm aufbaute.

»Wir haben nun schon so einige Sitzungen hinter uns gebracht und ich möchte mich kurz vorstellen,« sagte sie unerwartet.

»Tag«, war alles was er herausbrachte.

»Wie ich aus ihrer Akte entnommen habe, hatten sie eine gute Zeit bei ihrer Großmutter. Sie könnten mir heute einen kleinen Einblick aus dieser Lebensphase geben.«

»Meine Großmutter war eine beeindruckende Frau. Sie hat alles für mich getan und als ich noch klein war, sind wir sogar mal weggefahren. Auch wenn das Geld noch so knapp war – Urlaub ist wichtig. Sagte sie immer.«

Claudette schmunzelte und schien etwas abzuhaken.

Gunnar plauderte unaufhaltsam aus dem Nähkästchen. Ganz offensichtlich schien er die Jugend mit seiner Großmutter sehr genossen zu haben. Zumindest klang dieser Teil seines Lebens heiter und erfüllt. Bisher hatte er noch nie so viel von sich gesprochen, sodass Claudette ihm aufmerksam zuhörte und hoffte, es gäbe bald eine Überleitung zu seinem schwierigen Elternhaus.

Leise – fast flüsternd unterbrach sie ihn und wartete auf seine Reaktion.

»Wie bitte? Was haben sie gesagt?« hakte er verdutzt nach.

»Ich habe sie nach ihrem Namen gefragt«, log sie.

Ein ominöses Grinsen machte sich in seinem Gesicht breit, als er seine Sitzhaltung veränderte und schließlich antwortete.

»Und dachte schon, sie fragen nie.«
Elegant überschlug er seine Beine und setzte sich gerade auf.

»Ich bin Ralf. Ich freue mich sie kennen zu lernen – ganz offiziell meine ich.«

Schmunzelnd betrachtete er Frau Angerstein, und wartete auf weitere Anweisungen.

Claudette folgte seinen Bewegungen und neigte ihren Kopf ein Stück zur Seite.

»Nun Ralf, auch ich freue mich, ihre Bekanntschaft zu machen. Vielleicht möchten sie mir etwas über sich erzählen?«

»Wenn sie etwas Spezielles wissen wollen, dann müssen sie schon genauer werden. Sie können mir nicht mehr entlocken, als ich möchte. Sie dürfen gerade heraus fragen«, erklärte er höflich wie ein Dozent im Unterricht.

»In Ordnung. Gibt es außer ihnen und Gunnar noch andere?«

Er nickte.

»Gunnar ist nur einer von uns, wahrscheinlich der Wichtigste. Er ist gesellschaftstauglich, obwohl natürlich auch ich das Ruder oft in der Hand habe. Er lebt das Leben, übernahm das

Haus, geht arbeiten und schleppte uns schlussendlich auch immer wieder zu ihnen.«

»Wen gibt es denn noch, außer Gunnar?«

»Nun, da wäre noch Nick – er ist der schüchterne Junge, der in der Schule ganz hinten sitzt und unfähig ist, auch nur seinem Banknachbar den Stift zu klauen. Dann wäre da noch Finn.« Plötzlich flüsterte er.

»Und ich. Ich bin der Cleverste und regle das hier alles soweit es geht. Gunnar der Depp weiß von uns nichts.

Ich manage die reibungslosen und seichten Übergänge. Aber das gelingt mir nicht immer, weil ich die anderen nicht immer kontrollieren kann.«

»Welche Rolle spielt Finn?« wollte Claudette wissen.

»Sagen sie das bloß nicht so laut. Über den sprechen wir nicht. Er kann jederzeit hervorbrechen. Und ich möchte nicht, dass er ihnen etwas antut.«

Claudette schrieb hektisch in ihren Unterlagen. Sie notierte sich alle Namen und dessen Eigenschaften und hoffte zu Jedem eine Art Steckbrief zu bekommen.

»Wie lange gibt es euch schon?«

»Das kann ich gar nicht so genau sagen. Ich glaube Nick war der erste. Später kamen dann Gunnar, er und ich.«

Claudette wusste, welche Fragen sie stellen musste. Die Fachliteratur zu dieser Persönlichkeitsstörung war ihr wohlbekannt und so blieb sie ruhig und stellte bedacht und gezielt ihre Fragen.

Die missbräuchlichen Informationen aus seiner Kinderakte, passten zu dieser Störung.

»Wer von euch hat hier das Sagen?«

»Ich würde sagen, das bin ich. Ich halte das hier zusammen und mache es für alle so angenehm wie möglich.«

Ralf sprach wie ein eingefleischter Universitätsprofessor aus den Fünfzigern – es fehlte nur noch das Monokel als sekundäre Lesehilfe.

»Wann sind sie alle aufgetaucht? Was war der Anlass?«, hakte sie interessiert nach.

Ralf begann seinen glanzvollen Vortrag und ließ Claudette wissen, dass die einzelnen Charaktere erst zum Vorschein kamen, als die missbräuchlichen Zustände im häuslichen Umfeld die Überhand gewannen.

Seine Stiefmutter hatte ihn als Kind zunächst bei sexuellen Handlungen gefilmt und diese Videos im Internet und in zwielichtigen Etablissements angeboten. Später tauchten die Interessenten dann persönlich auf und nahmen sich von dem Jungen, was sie gerade brauchten.

Der kleine Nick war es, der auf den Videos artig tat, was seine Stiefmutter ihm auftrug, doch als später diese Männer zu ihm kamen, war es Gunnar der diese Qualen ertrug. Ihm war es möglich geworden, das äußere Geschehen vollständig auszublenden und widerspruchslos geschehen zu lassen, was seine Stiefmutter zuließ, um Geld für Drogen, Alkohol und Lebensmittel zu bekommen. Er hatte sich nie zur Wehr gesetzt und war ideal, diese Grausamkeiten für uns zu ertragen. Er war ein Verschleierungskünstler und erduldete jedwede Brutalität widerstandlos.

»Irgendwann kam ich dann. Schließlich mussten wir in der Schule einen kühlen Kopf bewahren. Und so schrieb ich fleißig die Klausuren und schaffte später sogar den Schulabschluss für uns«, fasste Ralf triumphierend zusammen.

Claudette hatte aufgehört mitzuschreiben und lauschte konzentriert diesem ausführlichen Vortrag.

»Ralf, ihr Stiefvater war oft unterwegs. Hatte er denn nichts mitbekommen?«, fragte sie und stellte sich unwissend.

»Wenn sie die Akte vom Sozialdienst durchgearbeitet haben, dann wissen sie um die Umstände mit unserem Stiefvater«, belehrte er sie herablassend.

Claudette zupfte sich ertappt die Nase, bevor sie sich wieder dem Gespräch widmete.

»Er war als Montagefahrer viel unterwegs und offenbar nur an den Wochenenden zu Hause«, brachte sie rasch hervor.

»Unterwegs? Der Typ hatte doch in jedem Hafen ein anderes Schiff! Er hatte die Nase voll von uns und vor allem von unserer Stiefmutter. Die muss nach dem Tod ihres ersten Sohnes völlig einen wegbekommen haben.«

»Es gibt eine kurze Notiz zu einer Lehrerin, die beim Jugendamt eine Meldung bei Verdacht auf Kindesmissbrauch gestellt hatte. Es muss daraufhin eine Untersuchung in einer Klinik erfolgt sein.«

Ralf zupfte sich die Jeans, als wäre es eine noble Anzugshose und holte noch einmal Luft.

Seine Mimik wirkte ganz anders als die von Gunnar. Er war aufgeschlossen, glatt und gesprächig - kaum zu stoppen in seinem Vortrag.

»Sie wissen doch wie das ist. Wir durften damals nichts erzählen, also galten wir als ein höflicher, schüchterner Junge, der in seinem Verhalten zurückgeblieben war. Dann gab es hier eine Prügelei in der Schule und da eine Schelle wegen vergessener Hausaufgaben zu Hause und damit ließ sich der ein oder andere blaue Fleck schon erklären.«

Claudette kritzelte nun wieder unaufhaltsam auf dem cremefarbenen Papier.

»Das tut mir leid, dass sie diese Erfahrung machen mussten«, sagte sie mitfühlend, während sie die letzte Notiz zu Ende brachte.

»Das muss es nicht. Uns geht es gut. Wir sind auf alles vorbereitet und jeder hat seine eigene kognitive Spezifikation«, offenbarte er ihr hocherfreut.

Claudette zwang sich die unbeeindruckte Fassade aufrechtzuerhalten, um ihn nicht zu beunruhigen. Sie musste noch tiefer bohren.

Ruhig strich sie sich ihr gelocktes Haar hinter die Ohren und beugte sich nun ein Stück nach vorn.

»Welche Aufgabe übernimmt Finn?«

Über Ralfs Gesicht legte sich ein dunkler Schatten und sein Blick wurde kühl.

»Ich sagte doch, sie sollen ihn nicht erwähnen. Ich kann für nichts garantieren!«

KAPITEL 22

Als Kai an diesem grauen, vernebelten Montag zur Arbeit kam, wartete Tom schon auf seinem Bürodrehstuhl und hatte die Beine bequem auf seinem Schreibtisch übereinandergeschlagen.

»Moin Helmer. Wird auch immer später bei dir was?«

»Komm´ rutsch mal. Hat dir denn keiner Manieren beigebracht?«

Kai schob den Drehstuhl zur Fensterbank und wischte die Tischplatte mit seinem Jackenärmel sauber.

»Was willst du überhaupt hier?«

»Die Sekretärin vom Chef ist die Vermisstenanzeigen durchgegangen. Kurz nach dem Mord an der jungen Frau, wurde eine weitere Frau vermisst gemeldet«, bekundete Tom und drehte sich wieder zum Schreibtisch.

»Der Vater hatte hier schon mehrfach angerufen.«

»Und warum rutscht die Vermisste jetzt ins Visier?«, wollte Kai wissen.

»Hier werden doch ständig Vermisstenanzeigen aufgegeben. Wer sagt, dass das unser nächstes Opfer ist?«

»Stimmt. Aber im Gegenteil zu den pubertären Jugendlichen, ist sie seit über einem Monat nicht mehr aufgetaucht. Sein Vater hatte sich in ihrer Wohnung umgesehen und dort würde nichts fehlen. Eine Reise oder Flucht käme nicht in Frage.«

»Okay. Was haben wir?«

Tom reichte ihm ein paar Zettel und ein Foto der Vermissten.

»Hier sind die Eckdaten. Das Foto hat uns der Vater überlassen.«

Kai blickte auf das Bild. Ein sympathischer, alter Mann hielt zufrieden seine Tochter im Arm. Beide lächelten herzlich und wirkten sehr vertraut miteinander. Eben ein typisches Familienfoto.

Das Vermisstenprofil vom Revier zeigte eine junge Frau im Alter von sechsundzwanzig Jahren, alleinstehend. Anika Tischenberg. Ausbildung zur Krankenschwester am örtlichen Krankenhaus. Er legte die Zettel zur Seite.

»Vielleicht können wir uns die Wohnung der Vermissten mal anschauen«, schlug Kai vor und schaute zu Tom rüber.

»Auf geht´s!«

Tom lief zu seinem Tisch und schnappte sich seine Jacke.

*

Nach dem die beiden Kommissare Herrn Tischenberg die üblichen Fragen gestellt hatten, fuhren sie zusammen zu Anikas Wohnung. Die Beamten hofften auf weitere nützliche Eckdaten oder einen Hinweis dafür, dass die Vermisste in ihr Täterprofil passen könnte.

Im Marzahner Studentenwohnblock schloss Herr Tischenberg Anikas kleine Einraumwohnung auf und ließ Kai den Vortritt.

Tom hatte sich gleich den Schlüssel vom Briefkasten geben lassen und überprüfte die Post der Vermissten, bevor auch er die Wohnung betrat.

Die aufgeräumten vierunddreißig Quadratmeter und die unversehrte Eingangstür schlossen einen gewaltsamen Einbruch aus, sodass die beiden Polizisten zunächst die Wohnräume inspizierten. Kai beäugte lose Notizzettel, Fotos und das Notebook, dessen Akku leer war.

Das Ladekabel ihres Handys lag auf dem Nachttisch und ihr Etui samt Brille zierte einen düsteren Fantasy-Roman, der direkt danebenlag.

»Wäre sie verreist, hätte sie es mir gesagt. Es gibt doch nur noch uns beide. Deshalb haben wir auch keine Geheimnisse vor einander,« funkte Anikas Vater nervös zwischen die Polizeiarbeit.

Kai schaute kurz zu Tom, um seine Reaktion zu sehen.

»Wann haben sie ihre Tochter das letzte Mal gesehen?«

»Wir sehen uns nur alle zwei Wochen, weil sie doch in Schichten arbeitet. Aber wir telefonieren mindestens einmal pro Woche«.

Er wirkte aufgelöst und seine verquollenen Augen waren von tiefen, grauen Rändern umrahmt.

Tom überprüfte den Kühlschrank und schaute auf das Verfallsdatum der Lebensmittel. Er nahm sich die offene Milchpackung und kippte den Inhalt in die Spüle. Kleine weiße Klümpchen kleckerten zwischen der weißlich cremigen Flüssigkeit heraus und verstopften den Abfluss.

»Sie muss mindestens schon einen Monat nicht mehr hier gewesen sein,« warf er in den Raum.

»Ich hatte sie vor fünf Wochen als vermisst gemeldet. Ihre Kollegen aus der anderen Abteilung hatten das aufgenommen«, fügte Herr Tischenbach sogleich hinzu.

»Sie meinten, sie wäre wohl nur eine von vielen Vermissten, sodass erst einmal achtundvierzig Stunden abgewartet werden musste. Danach wurde die Meldung an ihre Kollegen aus der Ermittlungsstelle für Vermisste übergeben.«

Die beiden Polizisten waren über diese Vorgehensweise im Bilde, empfanden den langen Zeitraum aber äußerst merkwürdig. Wahrscheinlich hatte es einmal mehr an Personal gemangelt, um schneller zu ermitteln.

»Kennen sie das Passwort von ihrem Notebook?« wollte Kai wissen während er das Gerät an die nächste Steckdose stöpselte.

»Oh nein. Über so etwas sprechen wir doch nicht.«

»Ist es in Ordnung, wenn wir das Gerät mitnehmen? Vielleicht findet sich dort Hinweis – eine Mail oder ein Chat mit Jemanden.«

»Selbstverständlich«, pflichtete Herr Tischenbach dem Polizisten bei

Noch während der Vater zustimmte, kassierte Kai das Notebook samt Kabel ein.

Plötzlich ertönte eine Musik - die Melodie von *Eye of the tiger*. Tom zog sein Handy aus der Hosentasche und verschwand im Flur.

»Ja, Richter?«

Kai schmunzelte kurz über die Wahl des Klingeltons und lief in das Badezimmer.

»Hatte ihre Tochter einen Freund?«, wollte Kai von Herrn Tischenbach wissen und öffnete inmitten des Gesprächs immer wieder Schubladen, Schranktüren, oder kramte willkürlich in den mit Kleinkram gefüllten Rattankörbchen herum. Er durchsuchte den Spiegelschrank und inspizierte die vorhandenen Medikamenten-packungen.

»Nein, das hätte sie mir erzählt.«

»Wir konnten das letzte Signal ihres Handys orten. Der Standort ist hier direkt vorm Haus. Vermutlich liegt das Teil noch da. Ich geh mal suchen«, funkte Tom dazwischen und verschwand kurz darauf im Treppenhaus.

»Hallo? Ist hier Jemand?«, fragte eine zittrige Frauenstimme.

Herr Tischenbach lief in den Flur zurück und entdeckte eine ältere Dame im Bademantel und neongelben Lockenwicklern auf dem Kopf.

»Wer sind sie?« fragte sie vorsichtig und trat wie entgeistert einen Schritt zurück.

»Ich bin Anikas Vater. Und sie sind?«

Nickend reichte die alte Damen ihm die Hand und stellte sich taktvoll als Anikas Nachbarin vor.

»Wissen sie, meine Tochter wird vermisst. War sie in den letzten Tagen oder Wochen in ihrer Wohnung? Haben sie etwas gesehen?«

»Nein. Ich hatte mich schon gewundert, weil ich sie meistens an der Bushaltestellte dort drüben traf, wenn sie Frühdienst hatte. Wissen sie, ich habe einen kleinen Malteser und um diese Zeit gehen wir unsere erste Runde.«

Die alte Dame erhaschte einen flüchtigen Blick in die Wohnung und entdeckte den Polizisten.

»Aber Anika hätte ja auch Spätdienste oder Nachdienste haben können, deshalb fand ich es nicht weiter schlimm«, erklärte sie ihre Zurückhaltung.

»Tag. Mein Name ist Helmer. Kripo Berlin. Ist ihnen hier etwas seltsam vorgekommen? Gab es unbekannte Gäste – Männerbesuche? Oder hat sich die Vermisste in der letzten Zeit vielleicht seltsam verhalten?«

Kai reichte der alten Frau die Hand und klappte sogleich seinen zerschlissenen Notizbock auf.

»Nein nichts. Sie ist nicht so ein Mädchen, dass viel Männerbesuch hat oder Partys feiert, wissen sie?«

Gerade als die Nachbarin fertig war, kam Tom die Treppe hinaufgesprintet. Er nahm immer zwei Stufen und als er den letzten Satz machte, landete er direkt neben Herrn Tischenbach.

»Da unten ist nichts. Entweder wurde das Gerät in den letzten Wochen geklaut, oder der Täter hat es bei der Entführung direkt abgeschaltet.«

»Eine Entführung?«, rief die alte Dame erschrocken.

»Sie wurde entführt?«

Kai verdrehte die Augen, klappte den Block zu und lief genervt zurück in die Wohnung.

»Werte Frau Nachbarin, wir befinden uns in einer laufenden Ermittlung. Da müssen wir alles in Betracht ziehen, was nicht heißt, dass es sich dabei um eine Entführung handelt. Es ist aber eine mögliche Option, die wir zum aktuellen Zeitpunkt nicht ausschließen können.«

Tom ließ Herrn Tischbach mit der Nachbarin im Treppenhaus stehen und bereute seine Offenheit, denn diese Information würde ohne jeden Zweifel die Runde machen.

KAPITEL 23

Anika hörte sich mehr denn je von innen, wenn sie ihre Augen schloss – und nicht nur dann. Doch dieses Geräusch wirkte nicht mehr rhythmisch. Die frühere Harmonie des inneren Klangs war einer matten, dissonanten Melodie gewichen.

Ihr Brustkorb war übersät von dunklen Hämatomen und blutunterlaufenen, fast schwarzen Flecken und Beulen. Eine unverheilte, entzündete Platzwunde zierte ihre Unterlippe. Zudem war ihre linke Gesichtshälfte unterdessen dauerhaft angeschwollen, was ihre Sicht stark einschränkte. Ihr Kopf hämmerte und Blut tropfte immer wieder aus ihrer Nase. Das passierte in den vergangenen Tagen häufiger.

Wahrscheinlich hatte ihr Kopf durch die heftigen Ohrfeigen Schaden genommen.

Blutbesudelt lag sie auf ihrem Kopfkissen und scherte sich nicht mehr, um Sauberkeit oder den fauligen Geruch, der sie mehr und mehr umgab.

Jedes Mal, wenn sie ihre Augen schloss, hoffte sie, nicht mehr aufwachen zu müssen. Sie war ein Schatten ihrer selbst. Nichts an ihr schien seine Funktion noch zu erfüllen. Ging es zu Ende?

Nach dem Gunnar wie ein Geisteskranker auf ihrem Becken herumgeritten war, knirschte ihr Beckenknochen unaufhaltsam beim Gehen, als würde er aus seiner Fassung brechen wollen.

Außerdem stachen die gebrochenen Rippen von innen gegen ihre Haut und hinterließen einen inzwischen tellergroßen, tiefblauen Fleck. Auf jede Bewegung folgten Höllenqualen und die Befürchtung von innen zerrissen zu werden.

Es war nur eine Frage der Zeit, bis die innere Brüche, Blutungen auslösen würden.

In der letzten Nacht hatte Gunnar wiederholt einen seiner Wutausbrüche an ihr kompensiert, weil sich ihre Periode gezeigt hatte.

Angewidert hatte er ihr zwischen die Beine getreten und sie vehement aufgefordert, diese Sauerei abzustellen.

Inzwischen konnte sie nicht mehr genau abschätzen, ob sie wegen ihrer monatlichen Menstruation blutete, oder ob ihr Körper innerlich bereits aufgab.

Gunnar musste im Haus sein, denn sie hatte ihn schon einige Male gehört. Ein Teil von ihr hoffte, dass er ihr schon bald den Rest gab und der andere - kleinere Teil - fürchtete sich davor.

*

»Schön, dass es geklappt hat«, sagte Claudette, als sie mit einer Kanne Tee und einer gut gefüllten Keksschale ihr Wohnzimmer betrat.

»Klar für dich immer«, sagte er und liebäugelte bereits mit dem Gebäck.

Das Gespräch füllte sich mit diversen Arbeitsthemen und der Urlaubsplanung für das kommende Jahr, bevor Claudette merklich ernster wurde.

»Sag mal, gibt´s schon was Neues zu dem Killer, der die Frauen entführt?«, wollte sie wissen.

»Nein noch nicht. Wir konnten den Vater einer vermissten jungen Frau verhören und ihre Wohnung inspizieren. Aber da gab es nicht viel zu finden. Warum fragst du?«

Claudette nahm einen großen Schluck Tee und stellte die Tasse behutsam auf dem Glastisch ab.

»Ich habe nichts Konkretes, aber…«, sie hielt kurz inne.

»Aber, was?«

»Ich darf eigentlich nicht darüber sprechen. Du weißt schon Schweigepflicht«, erinnerte sie.

»Claudette, wie viele Jahre kennen wir uns? Wahrscheinlich bin ich nur aus diesem Grund hier. Habe ich recht?«

Kai grinste bis über beide Ohren und hatte sich neugierig zur ihr rüber gebeugt.

Claudette, die sich ertappt fühlte, lachte laut und nickte.

»Meinst du euer Täter kommt aus der Berliner Ecke?«, fragte sie vorsichtig.

»Claudi, worauf willst du hinaus? Und außerdem ist das ´ne laufende Ermittlung. Du weißt schon – Datenschutz und so«, grinste er zurück und langte noch einmal die Keksschale.

»Wenn du mich fragst, kennt er seine Opfer. Und ja, ich denke, der Kerl ist von hier. Der hat hier irgendwo ´ne Billigwohnung und eine Garage in einem anderen Stadtteil und dort hält er die Opfer fest«, fasste er zusammen.

»Dem kann ich nicht beipflichten. Er scheint die Frauen auf eine gewisse Art zu mögen, sonst würde er sie nicht mit Schmuck beschenken. Deine Liebste, lässt du doch auch nicht in der Garage zurück«, erklärte sie und zwinkerte ihm belustigt zu.

»Zudem lassen die Temperaturen einen längeren und unbemerkten Aufenthalt in einer Garage nicht zu«, fügte sie hinzu.

»Du denkst also, das ist ein reicher Schnösel in einer Villa am Standrand, der mit seiner entführten, besseren Hälfte, den Luxus teilt?«

»Nicht ganz. Aber er lässt sie nicht im Nirwana allein. Die Opfer sind bei ihm. Die ganze Zeit. Sie dienen schließlich einem Zweck«, erklärte sie fast fachmännisch.

»O.K. Frau Psychologin – jetzt bitte ihr Schlussplädoyer«, forderte Kai amüsiert, der nun den Eindruck gewann, sie kenne die Akte besser, als er selbst.

»Erinnerst du dich an meinen Klienten, den ich vor zwei Jahren zugewiesen bekommen habe? Er wurde wegen Unzurechnungsfähigkeit nicht inhaftiert, sondern zur weiteren Therapie und Überwachung in die forensische Klinik gebracht.«

»Meinst du den Spargeltarzan, den du immer noch an der Backe hast?«

Wieder lachte sie über seine neckischen Sprüche und nickte zustimmend.

»Ja der schlanke, alleinstehende Mann«, korrigierte sie ihn sachlich.

»Ich bin fast vierzehn Monate nicht vorangekommen. Vor gut zwei Wochen habe ich dann Einblick in seine Jugendakte erhalten – er hat Schlimmes durchgemacht«.

Kai tauchte einen der Kekse in den Tee, lauschte aufmerksam und nickte beiläufig.

»Aber was hat das mit dem Killer zu tun?«, murmelte er mit vollem Mund.

Sie rang mit sich selbst und lehnte sich schließlich auf ihrem Sofa zurück.

»Der Mann von dem wir hier sprechen, hat eine DIS. Das weiß ich nun sicher. Eine dissoziative Persönlichkeitsstörung.«, warf sie ohne weitere Worte in den Raum und wartete auf seine Reaktion.

»O.K. aber haben das nicht irgendwie alle, die auf deinem Sofa sitzen?«

»Kai. Dieser Patient erlebt verschiedene Persönlichkeitszustände abwechselnd – je nach Situation im Außen. Diese sich abwechselnden Persönlichkeiten haben die vollständige Kontrolle über das Denken, Handeln und Fühlen der eigentlichen Person. Und jede Identität verfügt über eigene Verhaltensweisen und Fähigkeiten, während sie unterschiedlich ausgeprägt sind und nicht immer voneinander wissen.«

Kai verschlingt den aufgeweichten Keks und leckt sich die Fingerspitzen sauber, bevor er den Sessel verlässt.

»O.K., O.K. ich verstehe und du willst mir jetzt sagen, dass unser Killer diese Störung hat?«

Grübelnd lief Kai im Wohnzimmer umher.

»Nun ja. Was ich eigentlich sagen will ist, dieser Mann ist bereits wegen eines ähnlichen Vergehens davongekommen. Und mit dieser schweren Persönlichkeitsstörung, würde er sich an die Taten unter Umständen nicht einmal erinnern.«

Fassungslos dreht sich Kai zu Claudette um und bleibt wie gelähmt hinter dem Sessel stehen.

»Der Kerl den wir suchen, ist dein Patient?« Kai atmete aus und fuhr sich aufgeregt mit beiden Händen durchs Haar. Claudette hingegen saß schweigend auf dem Sofa. Sicher war sie sich natürlich nicht, aber die Möglichkeit bestünde.

Kais Hände rutschten in seine Hosentaschen, während er erneut zwischen Sessel und Fenster hin und herwanderte.

»Das darfst du keinem erzählen«, ermahnte sie ihn mit ernster Miene.

»Das könnte mich meine Zulassung kosten." Noch immer spazierte Kai stillschweigend durch das Wohnzimmer.

„Seit wann weißt du das?"

»Ich weiß überhaupt nichts. Es ist eine Vermutung«, korrigierte sie ihn rasch.

»Ja, ja schon klar.«

Schließlich fand er wieder zu dem Sessel und nahm in Gedanken versunken Platz.

»Was denkst du?«, wollte sie wissen.

»Ich überlege, wie wir das inoffiziell überprüfen könnten«, sagte er und schaute mit seinem Gangsterblick zu ihr rüber.

KAPITEL 24

Es war noch dunkel – wahrscheinlich mitten in der Nacht, als sich die Kellertür langsam öffnete.

Anika zuckte kurz zusammen, entschied sich aber, zumindest so zu tun, als würde sie fest schlafen.

Ihr Herz pochte, als hätte sie eine Trainingseinheit im Fitnessstudio hinter sich gebracht und hoffte, er würde es nicht bemerken.

Normalerweise begrüßte er sie, wenn er zu ihr kam, doch es blieb still.

Ein schmaler Lichtkegel strahlte durch die Türöffnung an die gegenüberliegende Wand und einen kurzen Moment lang suchte sie seinen Schatten. Nur war da keiner.

Sie rührte sich nicht und blieb mucksmäuschenstill.

Seine Schritte waren leise und er schien zu schleichen.

Sie konnte seinen Atem hören und bekam Angst. Würde er sie jetzt um die Ecke bringen? Jetzt wo sie schlief?

Ihr rasender Puls machte das ruhige Atmen immer schwerer und auch ihre versteifte Körperhaltung wollte erschöpft in sich zusammenrutschen. Innerlich war ihr Körper im Fluchtmodus, während sie sich zur Starre zwang.

Leise schlurfte er mit Socken über den Boden und blieb einen Augenblick lang stehen, bevor er sich wieder durch den gelben Lichtkegel nach Draußen schlich. Ein leises Klappern des Türblattes im Rahmen, ließ sie wissen, dass sie wieder allein war.

Urplötzlich schnappte sie nach Luft und setzte sich auf.

Sie hechelte, wie nach einem Sprint und beruhigte sich nur langsam.

Was war das? Hatte er das jede Nacht gemacht und sie hatte es nie bemerkt?

Der Gedanke daran würgte ihr bitteren Brei in die Mundhöhle und sie musste schnell schlucken, um sich nicht zu übergeben.

KAPITEL 25

Patientenakten stapelten sich auf ihrem Tisch, während Claudette ihren Registerschrank sukzessive leerte. Sie suchte eine Akte. Ein bestimmter Patient, der ein ähnliches Verhalten gezeigt hatte und dessen Verurteilung, aufgrund eines fehlerhaften forensischen Gutachtens fatale Folgen hatte.

Es war bereits kurz vor acht und die Straßenlaternen schienen durch die Fenster ihres Beratungsraums.

»Sie muss hier irgendwo sein«, murmelte sie vor sich hin, als sie die nächste Akte aus dem Schrank zog. Sie konnte sich an den Namen nicht erinnern. Zu lange war es her. Dieser Patient wurde wegen brutaler Vergehen in eine geschlossene Psychiatrie nach Hamburg verlegt. Damals hatte sie mehrere schwerwiegende Fälle gleichzeitig zu bearbeiten, weshalb sie diesen Klienten nach dem Urteil nicht weiter behandeln konnte.

»Paul Lommad! Da bist du ja.«

Erleichtert schob sie ihren Aktenstapel an den Schreibtischrand und klappte die Patientenakte auf.

Wie so üblich, begannen ihre Akten mit einem Patientenstammblatt, welches von einem biometrischen Polizeifoto gefolgt war.

Paul Lommad war im selben Jahrgang wie Gunnar und sein Elternhaus – wenn man das so nennen konnte – war der wohl größte Abschaum überhaupt.

Sie hatten ihren Jungen wie Vieh gehalten. Er aß vom Boden auf dem er zuvor uriniert hatte. Zwischen dem fünften und elften Lebensjahr war er mutmaßlich dauerhaft in seinem Zimmer eingesperrt.

Sein Vater schickte jeden notgeilen Kerl, den er finden konnte, über ihn drüber und kassierte dafür das Geld, um damit den Lebensunterhalt der Familie zu deckeln. Vorrangig fand die Polizei damals Bierflaschen, Alkohol und Unmengen an Sexspielzeug in dem Haus.

Die Mutter hatte später ausgesagt, dass die Freier bei der Benutzung von Sexgegenständen mehr zu zahlen hatten.

In dem medizinischen Bericht fanden sich zahlreiche Bilder, die zur allgemeinen Fotodokumentation und als Beweismittel fungierten. Auch Paul hatte massive Spuren von sexuellem Missbrauch sowie schwerwiegende Hämatome im Gesicht, gepaart mit rissigen, grindigen Mundwinkeln davongetragen. Wie sich später herausstellte, waren diese Verletzungen die Folgen von oralem Missbrauch gewesen.

Im Gegensatz zu Gunnar, hatte Paul damals unter starkem Medikamenteneinfluss, eine Aussage gemacht, sodass sowohl der Vater, die Mutter, als auch mehrere Pädophile verurteilt werden konnten. Der Junge hatte sich die Gesichter seiner Peiniger haargenau gemerkt und verhalf damit der Polizei zu etlichen Verhaftungen.

Paul jedoch hatte nur zwei Identitäten. Eine devote, masochistische und eine aggressive. Die devote Identität hatte ihm geholfen, die Schandtaten zu ertragen, während die aggressive Persönlichkeit erst im Alter von elf Jahren zum Vorschein kam. Noch während des Übergriffs durch einen der Peiniger, hatte er nach dem Geschlechtsakt zum Messer gegriffen und den Kerl erstochen, bevor er ihn gnadenlos kastrierte.

Schwierig jedoch waren die Erinnerungslücken, die der Junge punktuell aufwies. Er konnte sich nicht daran erinnern, je eingeschult worden zu sein, obwohl entsprechendes

Bildmaterial von der Polizei sichergestellt worden war.

Claudette waren diese Symptome bekannt. Patienten mit einer ausgeprägten dissoziativen Persönlichkeitsstörung wiesen häufig große Lücken im Erinnerungsvermögen auf. Es wird vermutet, dass zum Schutze der Traumata, das Gehirn vorsorglich abriegelt, um weiteren Schaden zu vermeiden.

Dieser Patient hatte massenhaft Erinnerungslücken, weshalb er damals als unzurechnungsfähiger Täter eingestuft worden war. Zumindest umschiffte er damit eine lebenslange Freiheitsstrafe.

War Gunnar zu ähnlichen Taten fähig? Und konnte er sich deshalb schlicht nicht an diese Vergehen bei den Sitzungen erinnern?

Claudette hatte sich die Akten gegenübergelegt und verglich die handschriftlichen Notizen der Jugendamtbetreuer.

Beide Jungen wurden körperlich ähnlich schwer misshandelt. Auch das Alter passte. Dennoch wurde Paul schon im Kindesalter zum Täter, während Gunnar noch Jahrzehnte völlig unwissend weiterlebte.

Noch bis in die Morgenstunden las Claudette akribisch die Akten. Sie notierte sich die Verhaltensmuster, zeichnete sich Skizzen und suchte nach identischen Fakten.

Gegen halb zwei morgens, war sie sich sicher. Gunnar kam als Täter nicht nur in Frage – er musste es sein.

KAPITEL 26

Nach einer weiteren, fast schlaflosen Nacht, plauzte Gunnar in den frühen Morgenstunden in den Keller.

»Guten Morgen meine Schöne«, sang er förmlich, als er es sich schon auf dem Bett gemütlich machte und Anika beim Wachwerden analysierte.

»Warum guckst du immer so schreckhaft? Bist du etwa ein Morgenmuffel?«

Fast scherzhaft stach er ihr mit dem Zeigefinger in den Bauch.

Wie immer erschrak Anika, aber ihr fehlte die Kraft, um sich ruckartig zurückzuziehen. Viel zu sehr schmerzte ihr hämatombedeckter Bauch. Stattdessen drehte sie nur ihren Kopf zu ihm.

»Du bist ja gar nicht kitzelig«, stellte er enttäuscht fest.

In der anderen Hand hielt Gunnar eine Einkaufstasche eines renommierten Berliner Modehauses. Sie las den Slogan und fragte sich einen Moment, was er wohl heute vorhatte.

»Wie wäre es mit einem französischen Bäckerfrühstück«, fragte er fast über-motiviert und rückte ein Stück näher.

Ein Bäckerfrühstück?, dachte sie.

Also da draußen bei einer Bäckerei?

Anika konnte es nicht glauben. Das war ihre Chance, dieses Zuchthaus hinter sich zu lassen.

Ohne lange zu zögern, nickte sie und versuchte zumindest ein kleines bisschen Freude über ihre Lippen fließen zu lassen.

»Perfekt! Ich wusste, du würdest dich freuen. Ich habe dir etwas Hübsches zum Anziehen mitgebracht. Dein Mann hat keine Kosten gescheut«, zwinkerte er ihr zu und zog ein schlichtes, schokoladenbraunes Strickkleid mit einer funkelnden Knopfleiste aus der Tasche.

»Na, wie findest du das?«

»W-w-wunderschön. D-d-du hast einen guten Geschmack«, brachte sie mit Mühe hervor, während ihr Herz vor Aufregung schon in den Fluchtmodus umgeschaltet hatte.

Langsam setzte sie sich auf, um den Stoff des Kleides zu fühlen. Es roch neu und das Preisschild hing noch am Ärmel. Satte Neunundneunzig Euro hatte er springen lassen.

Sie wollte keine Zeit verstreichen lassen und so rappelte sie sich auf und wollte sich gerade den warmen Stoff überwerfen, als er das Kleid zu sich zurückzog.

»Na, na, na! Wo ist mein Küsschen?«

Gierig hielt er ihr seinen trockenen, bärtigen Mund entgegen und deutete fordernd mit dem Zeigefinger auf seine Lippen.

Schnell hauchte sie ihm einen Kuss auf den Mund und wäre ihm am liebsten an die Gurgel gegangen. Aber sie war viel zu schwach, um ihn zu überwältigen. Offenbar war ihm nicht aufgefallen, dass wieder zwei Tage vergangen waren, ohne sie mit einer Mahlzeit zu versorgen.

Gerade als sie erneut nach dem Stück Stoff griff, erhob er sich samt Kleid von der Matratze und schüttelte, tadelnd seinen Kopf.

»Hat dir denn keiner Anstand beigebracht? Ich habe noch kein *Danke* gehört und außerdem brauchst du wirklich dringend ein Bad.«

Seine erzieherischen Sätze nervten sie und führten am Ende ohnehin zu nichts. Ein Bad? Hatte sie in den vergangenen Wochen die Badewanne übersehen?

»Husch! Wasch dich am Waschbecken. Und wenn du wieder, wie eine zarte Blume duftest, dann darfst du nachher eine kleine Modenschau für mich machen.«

Zufrieden ließ er sich auf einem der Küchenstühle nieder und wartete.

Ihr Kopf dröhnte, sonst hätte sie kurz die Augen gerollt. Langsam kroch sie aus dem Bett und hinkte zu dem Waschbecken.

Anika wusste, dass er sie beobachtete. Deshalb vermied sie es, den Vorhang zuzuziehen. Er würde es ohnehin gleich beanstanden.

Noch immer trug sie ihr Kleid, welches sie vor Wochen aus ihrem Kleiderschrank auserkoren hatte. Zerschlissen und blutbefleckt hing es an ihrem Körper und bedeckte nur noch das Nötigste. Nicht nur die Übergriffe, auch ihre Menstruation hatte Spuren auf dem Fetzen hinterlassen.

Mit dem Rücken zu ihm, ließ sie ihr Kleid fallen.

»Du siehst immer noch zu gut aus, weißt du das?«, sabberte er.

Anika beeilte sich. Sie ahnte Schlimmes.

Gerade als sie fertig war, bemerkte sie, dass ihr bis auf das winzige Gästehandtuch nichts blieb, um ihren Körper zu bedecken.

Gunnar hütete das Strickkleid, als wäre es ein Pokal und so hob sie zögernd den alten Fetzen auf, um sich zu bedecken.

»Du musst nichts verstecken meine Liebe. Ich kenne dich wahrlich in-und auswendig«, prahlte er.

Während sie den Stofffetzen auf dem Boden liegen ließ, bedeckte sie das unübersehbare Übel mit dem Handtuch und schlich zu ihm.

Gunnar reichte ihr nun das Kleid.

Prompt schnappte sie sich das neue Teil und zog sich die weiche Wolle über den Kopf.

Es war warm und bedeckte ihre inzwischen schmal gewordene Gestalt fast vollständig.

Zufrieden strich sie mit ihren Händen über die flauschig warmen Ärmel und war froh, dass der Stoff bis weit über ihre Knie reichte.

»Es gefällt dir. Habe ich recht?«

»Ja. Es ist wunderschön und kuschelig weich.«

*

Kais Gedanken schwirrten um das Gespräch mit Claudette. Sie hatte ihm wegen der Schweigepflicht keinen Namen gegeben, sodass er beschlossen hatte, im Polizeiarchiv nach diesem Klienten zu suchen. Sortiert nach Tathergang graste er nun mühsam das Vorstrafenregister ab.

Noch vor knapp zwei Jahren war er bei der Urteilsverkündung vor Ort gewesen, aber es fehlte ihm an Eckdaten.

»Na? Betreibst du spannende Schreibtischarbeit?«, scherzte Tom, als er auf der Schreibtischkante Platz nahm und einen Plastikbecher gefüllt mit Kaffee vor ihm abstellte.

»Für dich.«

Sein neckischer Blick schwang kurz zu dem Becher und wieder zurück.

»Danke, den kann ich wirklich gebrauchen.«

»Wonach suchst du?«

»Ach, ich wollte mir noch einmal die Akte von einem Typen angucken, der wegen mittelschwerer Körperverletzung vor zwei Jahren wegen Unzurechnungsfähigkeit den Knast umgangen hat.«

Kai klickte sich ermüdet durch die Aktenlandschaft.

»Welcher Kerl denn? Kenne ich den?«

»Ja klar! Du warst damals auch dabei. Claudette war die zugewiesene forensische Beraterin. Wie saßen im Gericht nebeneinander.«

»Das ist jetzt kein hilfreicher Anhaltspunkt. Claudette übernimmt fast alle Fälle mit solchen Idioten."

Tom runzelte nachdenklich die Stirn.

»Na der Spinner, der dann in die Geschlossene gewandert ist. So ein Hungerhaken mit markantem Gesicht«, fügte Kai hinzu und hatte plötzlich Hoffnung, Tom würde gleich seinen Namen nennen.

»Puh. Mit Namen habe ich´s nicht so, aber frag doch Claudi. Die kann sich bestimmt erinnern.«

»Hm.«

»Warum suchst du überhaupt danach?«, wollte Tom wissen.

Kai kratzte sich am Hinterkopf und tat beschäftigt, als er sich näher vor den Monitor beugte, als wolle er die Pixel zählen.

»Na gut. Ich treffe den Vater des vermissten Mädchens gleich nochmal. Willst du mitkommen?«

Kai schüttelte fokussiert auf den Monitor den Kopf und durchforstete weiter die Datenbank.

KAPITEL 27

Angespannt saß Anika auf dem Holzstuhl in dem Küchenteil des Kellers. Sie hatte sich einen Knoten ins Haar gemacht, um das neue Kleid nicht zu beschmutzen.

Der Herr des Hauses, wollte sich noch etwas Passenderes anziehen und war kurz verschwunden.

Ruhelos saß sie die Wartezeit ab und hoffte, er würde gleich zurückkommen, um sie zu holen.

Doch die Zeit verging und allmählich fühlten sie die Minuten, wie Stunden an. Hatte er sie vergessen?

Würde es doch kein französisches Frühstück geben? Sie hatte sich doch zurechtgemacht, wie er es wollte.

Oder war das wieder Teil seines Spiels?

Anika lief zum Bett und krabbelte enttäuscht unter die Bettdecke, als plötzlich die Kellertür aufsprang.

»Kann's losgehen?«, rief er wie beflügelt.

Ihr Herz schlug schneller, als er endlich in der Tür stand. Lange war es her, dass sie das Gefühl von Freude wahrnahm. Sie fast freute, ihn endlich zu sehen.

»Oh ja. Ich freue mich schon«, sagte sie und lächelte ihm zu.

»Super! Na dann, lass' uns Frankreich genießen«, rief er.

Gunnar drehte sich kurz um und zog eine Klappbox in den Keller, bevor er die Tür wieder schloss.

»Hier ist alles drin, was wir brauchen. Ich habe sogar französische Musik. Oh mon amour!«, schwärmte er, während Anika verwirrt fast das Gleichgewicht verlor und begriff, wie sich das Frühstück gestalten würde.

»Achso…«, mehr brachte sie nicht heraus. In diesen vier Wänden sollte es stattfinden. Und nirgendwo anders. Wie konnte sie nur glauben, er würde mit ihr das Haus verlassen?

»Na los. Pack´ mit an!«

Gunnar stellte die prall gefüllte Kunststoffkiste auf der Arbeitsplatte der Küche ab. Eine Papiertüte vom Bäcker *La baguette* lag ganz oben drauf. Das sollte also das Bäckerfrühstück sein.

»Ich decke alles und du übernimmst die Deko. Ihr Frauen mögt doch Deko.«

Teilnahmslos stand Anika vor dem Bett. Als wäre sie mit dem Boden verschmolzen, stierte sie auf die Kiste, als ihre Hoffnung erlosch und sich erneut leere Einsamkeit breitmachte. Kurz dachte sie an den Asiaten, von dem er ihr das Abendessen mitgebracht hatte. Er konnte nicht weit weg sein. Womöglich kannte sie die Gegend sogar. Vielleicht war dieser Spinner sogar ein stalkender Nachbar.

In den Zeitungsberichten hieß es oft, dass die Täter ihre Opfer gut kannten. Sie haben sie zuvor wochenlang beschattet und studiert, damit sie genau den richtigen Moment abpassen konnten. Vermutlich wiederholte sich diese Geschichte gerade.

»Was ist?«, zischte Gunnar sie an.

»Hast du jetzt wieder etwas zu meckern?«

»Nein. Nein natürlich nicht«, sagte sie leise und griff sich eine Papiergirlande die aus kleinen französischen Flaggen bestand.

Widerwillig klebte sie die Enden der Girlande an den Küchenmöbeln fest und drapierte einen Deko-Eifelturm auf dem Esstisch.

Wie krank das alles ist- dachte sie.

KAPITEL 28

Es war gerade einmal sechs Uhr morgens, als Claudette noch ein weiteres Mal ihre Altakten durchforstete.

Inzwischen wusste sie, dass Paul Lommad noch immer in der Hamburger Anstalt saß.

Sie hatte mit dem behandelnden Arzt gesprochen und sich über diverse Symptommuster informiert, weil sie einen ähnlichen Verlauf bei Gunnar befürchtete. Am Nachmittag hatte er einen weiteren Termin in ihrer Einrichtung und sie wollte dieses Mal nicht nur in seine Kindheit schauen, sondern auch für Kai etwas tun. Nur eine kleine Spur. Vielleicht war es möglich Finn aus ihm herauszulocken und so einen Einblick auf die düsteren Schattenseiten von ihm zu bekommen.

Aber sie wusste, dass diese Vorgehensweise nicht ganz ungefährlich sein würde. Nicht umsonst, hatte Ralf sie davor gewarnt.

*

Claudette bemühte sich, ihn nicht mehr mit Herrn Lehmann anzusprechen. Sie wartete zunächst geduldig ab und schaute, mit wem sie es zu tun hatte. Vielleicht hatte sie wieder Ralf vor sich. Oder Nick würde sich heraustrauen.

Doch insgeheim wollte sie mit Finn sprechen.

»Nehmen sie Platz. Schön, dass wir heute sprechen können«, sagte sie und sammelte sich selbst auf ihrem Sessel. Gefasst, trug sie heute die Maske der Ruhe und blieb gelassen.

»Ja ich freue mich auch. Konnten sie denn etwas Brauchbares aus meiner Akte erfahren?«

»Ja die Akte ist durchaus hilfreich. Dennoch wollen wir ja, dass es ihnen ganz grundlegend besser geht. Nicht wahr?«

Claudette überschlug ihre Beine und schaute fragend zu ihm hinüber.

»Mit wem habe ich heute das Vergnügen?«

Nur eine Millisekunde grinste er, als sich seine Mimik wieder straffzog und er sich erfreut vorstellte.

»Ralf. Danke der Nachfrage.«

Wieder korrigierte er seine Sitzhaltung und strich sich den imaginären Staub vom Schoß.

»Ralf, sie hatten mir in der letzten Sitzung einige Einblicke in ihre Kindheit gegeben.«

Claudette kritzelte sich etwas auf ihren Block und blätterte einige Seiten zurück.

»Wie war es damals mit Spielfreunden oder Schulfreunden? Können sie mir dazu etwas sagen?«

Ralf zog seinen Körper wiederholt gerade als würde gleich seine Live-Vorstellung beginnen.

»Nun, Gunnar und Nick hatten den ein oder anderen Freund. Aber wegen unseres abtrünnigen und aggressiven Verhaltens eckten wir ohnehin ständig an. Zudem war es uns nicht gestattet, Kinder mit nach Hause zu bringen. Die hätten unsere Wohnung beschmutzen können. Außerdem hatten die meisten Kinder Angst vor unserer Mutter. Oft brüllte sie ja schon, da waren wir noch nicht einmal *am* Haus.«

»Ich verstehe. Ich habe in der Akte kurze Eintragungen zu Übergriffen mit anderen Schülern gefunden. Was genau ist damit gemeint?«

Ralf fuhr sich mit den Fingerspitzen über die Oberlippe, als ob er sich einen Schnurbart glattstreichen würde.

»Wissen sie, wir alle mussten damals viel ertragen und wenn es zu Prügeleien gekommen war, dann nur, weil Finn uns beschützt hat.

Durch ihn waren wir sicher und gleichzeitig enorm belastbar.«

Claudette nickte zustimmend und schmunzelte einen kurzen Augenblick lang.

»Hat Jemand sonst diese Übergriffe mitbekommen? Vielleicht aus der Verwandtschaft, Nachbarn oder der behandelnde Kinderarzt?«

Ralf lachte, als hätte Claudette einen Witz erzählt.

»Und selbst wenn es so war. Unsere Mutter konnte alles widerlegen. Nach den ersten Treffen mit diesen Männern, hatten wir uns an die Vertrauenslehrerin in der Schule gewandt. Es fühlte sich falsch an, sodass wir nicht viel preisgegeben haben.«

Würdevoll lehnte sich Ralf in den Sessel zurück und legte seine Arme entspannt auf die gepolsterte Armlehne. Er puhlte nicht nervös wie Gunnar am Stoff, stattdessen blieb er gefasst und konzentriert sitzen.

»Unsere Mutter hatte am Abend mit der Lehrerin telefoniert. Ich glaube Nick hatte das mitbekommen. Sie erklärte uns zum Soziopathen und dass man uns nicht glauben dürfe. Wir wären notorische Lügner und hätten erst kürzlich Ärger mit der Polizei gehabt, weil wir im Kiosk geklaut hätten.«

Ralfs Arme schwangen nahezu rhythmisch mit seinen Erklärungen, als hielte er einen wissenschaftlichen Vortrag.

»Ich weiß nicht, was sie noch alles behauptet hat, doch nachdem sie eine Woche später eine großzügige Spende für das Schultheather gemacht hatte, glaubte uns ohnehin keiner mehr.«

Claudette hatte ähnliche Aussagen in der Akte gelesen. Die Mutter hatte alles abgestritten und ihren Sohn als gestört betitelt.

Erst nachdem die Polizei pädokriminelles Material sichergestellt hatte und ihr eine lebenslange Strafe androhte, hatte sie über die Vorkommnisse in der Familie gesprochen.

»Ralf, ich würde heute sehr gern einmal – wenn das möglich ist – auch Finns Seite hören.«

Seine Hände krallten sich in die Armlehne und seine Miene versteinerte. Selbst seine intellektuell wirkenden Augen verdunkelten sich drastisch, als sich urplötzlich seine Sitzhaltung hin zum Flegel veränderte. Er stützte sich mit den Ellenbogen auf seine Beine und strich sich eine fiktive Strähne aus dem Gesicht.

»Du bist aber mutig,« sagte er plötzlich. Auch seine Stimme schien einige Nuancen tiefer zu sein. Zudem bewegte er seinen Mund, als würde er unaufhörlich Kautabak kauen.

»Ich nehme an, ich spreche jetzt mit Finn?«

»Oh ja. Das tust du!«

»Das freut mich wirklich sehr. Ich habe schon viel von dir gehört. Darf ich dir ein paar Fragen stellen?«, fragte sie höflich und ließ ihn nicht aus den Augen.

Prompt setzte sie das Gespräch per Du fort und registrierte die offensichtliche Wesensveränderung ihres Patienten. Er wirkte kräftiger und widerstandsfähiger, als die anderen beiden. Seine Körperhaltung glich einem Türsteher und sein Unterkiefer war ein großes Stück nach vorn gerutscht, sodass sein Gesicht quadratischer und definitiv auch übler aussah. Auch seine Arme hatten einen kleinen Abstand zum Rest des Körpers bekommen. Als wäre sowohl sein Bizeps in den vergangenen Sekunden um ein beträchtliches Stück gewachsen.

»Na dann mal los.«

Claudette wollte keine Zeit verstreichen und ihn schon gar nicht warten lassen. Sie wusste nicht, wie viel Zeit ihr blieb, bis Ralf die Kontrolle wieder übernahm, also legte sie sofort los.

»Wie du vielleicht weißt, habe ich die Jugendakte gelesen.«

»Nein, weiß ich nicht. Interessiert mich auch nicht. Wo ist jetzt die Frage?«, zerlegte er schon ihren ersten Satz.

»In Ordnung. Es kam in deiner Kinderzeit immer wieder zu Prügeleien oder anderen…. Tja wie soll ich sagen…. Übergriffen. Kannst du mir dazu etwas erzählen?«

»Klar kann ich das. Ich war ja schließlich dabei.«

Finn stützte seinen rechten Fuß auf dem Sitzpolster des Sessels und machte es sich bequem. Mit dem Daumen wischte er sich über den Nasenflügel und zog mit einem abstoßenden Geräusch das Nasensekret in den Mund, bevor er es unüberhörbar schluckte.

»Weißt du, als ich noch klein war, wusste ich nicht, dass es nicht okay ist, was diese Männer mit mir machten. Einige davon erklärten mir, dass es mich härter machen und ich nur so zum Mann werden würde. Andere hatten einfach Lust mich zu quälen.«

Er hielt kurz inne und schaute sich in dem Raum um.

»Edle Bude übrigens.«

Claudette nickte und unterbrach ihre handschriftlichen Aufzeichnungen, um ihn zu beobachten.

»Ich habe damals in der Nachbarklasse mit so einem zurückgebliebenen Stift abgehangen. Ich glaube der Kerl war ´ne Schwuchtel.«

Finn lachte plötzlich laut gehässig.

»Wir haben irgendwann angefangen rumzumachen, bis ich ihm Gegenstände in den Arsch schob. Das fand er dann nicht so cool. Aber weißt du, es war einfach nötig. Das, was ich selbst erfahren hatte, wurde damit ein Stück zur Normalität. Bis der Spinner mich bei seinen Alten anschwärzte und ich beim Direx vorsprechen musste.«

Fassungslos schrieb Claudette mit und tat aber unbeeindruckt.

»Und? Hatte es den gewünschten Effekt?«, wollte sie wissen.

»Ja manchmal. War´s das?«

Finn war nicht so gesprächig, wie Ralf und so beendete sie ihre Sitzung ohne eine Spur für Kai und seinen laufenden Fall.

KAPITEL 29

Kais Smartphone zeigte knapp zwei-
undzwanzig Uhr an, als es draußen regnete und
er vom Kühlschrank aus, den Aktenstapel auf
seinem Couchtisch anstarrte. Er hätte längst ein
paar Tage frei gebraucht. Aber sein Bauchgefühl
hatte ihn dazu bewogen dieses Pamphlet mit
nach Hause zu nehmen.

Noch immer suchte er den Namen dieses Irren,
von dem Claudette gesprochen hatte.

Der verfluchte Artikel Eins des Grundgesetzes
stand zwischen ihm und dem Namen dieses
Verbrechers. Claudette hätte nicht einmal
erwähnen dürfen, was sie in den Gesprächen mit

ihrem Patienten erfahren hatte. Im schlimmsten Fall, würde sie das ihre Lizenz kosten.

Kai riss die Kunststoffverpackung seines fertigen Cheeseburgers auf und schob das den fettigen Koloss in die Mikrowelle.

Kurz darauf klemmte er sich eine kalte Cola unter den Arm und lief samt Essen zur Couch, auf der er sich erschöpft niederließ.

Noch während er in das warme Brot biss, zog er sich die erste Akte auf seinen Schoß und blätterte sich durch die Papiersammlung, als wäre es ein Sportmagazin.

Natürlich hatte er um diese Akten gebeten und die Sekretärin der Dienststelle hatte mit diesem Fundus schnell und kommentarlos seinen Schreibtisch in eine Festung verwandelt.

Es handelte sich um eine Sammlung aller männlichen Täter der letzten drei Jahre, die ohne eine Inhaftierung direkt in eine psychiatrische Einrichtung überwiesen wurden. Er musste also dabei sein. Kai musste sich nur an den Namen oder sein Gesicht erinnern.

Dann würde er den laufenden Fall mit den Details aus dem letzten Prozess vergleichen. So würde er ihn finden und dingfest machen. Das war sein Plan. Und er musste einfach funktionieren.

Entweder war es sein Bauchgefühl, was ihn lenkte, oder aber der Hunger, der unüberhörbar war.

Die Gesichter der Männer erinnerten ihn an seine Arbeit in den vergangenen Jahren. Reihenweise Kerle, die mittels ihrer Anwälte auf Unzurechnungsfähigkeit plädiert hatten und sich für ein paar Jahre in die Klapse schicken ließen. Dort war es natürlich deutlich angenehmer, als in der örtlichen Strafanstalt. Außerdem konnte man sich dort frei bewegen und den ansässigen Park nutzen.

Kai schüttelte den Kopf, als ihm klar wurde, wie viele es doch waren.

2016 wurde der Sexualstraftäter Hans Liegmann in die Hennigsdorfer Irrenanstalt geschickt. Er hatte auf Spielplätzen unaufhörlich minderjährige Jungen belästigt. Aber aufgrund seiner zurückgebliebenen Psyche und ärztlich nachgewiesenen Erinnerungslücken, in Folge massiver Misshandlungen in der eigenen Kindheit, blieb ihm der Knast erspart.

Er war es jedenfalls nicht. Soviel war sicher.

Sein Handy klingelte.

»Jap?«

»Ich habe eine Idee«, sagte Claudette fast ein wenig nervös.

»Geht es um den Kerl aus deinen Sitzungen?«, wollte er wissen.

»Ja um wen denn sonst!«

*

Gleich fünf Uhr morgens parkten Kai und Claudette in einer Nische unweit von Gunnar Lehmanns Haus.

Ausgerüstet mit Kaffee, Keksen und abgepackten Hot Dogs, beobachteten sie das baufällige Haus.

»Was ist dein Plan?«, wollte Kai wissen.

»Wir können den hier nicht einfach festnehmen. Ich kenne den Kerl quasi nicht. Es gibt keine Beweise. Nicht einmal ein paar laue Indizien, die mir auch nur ein klitzekleines Verhör erlauben.«

»Ja, ja. Ich weiß. Lass uns doch erst einmal schauen, was passiert. Er wird einkaufen müssen, oder tanken oder zur Arbeit fahren«, erklärte sich Claudette und schob sich ihre Aktentasche vom Schoß zwischen die Füße vor den Beifahrersitz. Entschlossen machte sie es sich bequem.

Stunden vergingen und vor dem Haus passierte nichts. Niemand öffnete ein Fenster oder holte die Post aus dem Briefkasten.

Nichts. Gar nichts.

Die beiden beobachteten einige wenige Fußgänger, die die Straße entlangliefen. Viel Publikumsverkehr gab es hier nicht. Wenn er der Täter war, dann hatte er sich ein ruhiges Fleckchen ausgesucht, um seinen Trieben freien Lauf zu lassen.

Während Kai sich über die Kekstaler hermachte, starrte Claudette noch immer siegessicher zum Haus.

Ein weißer Caddy hielt vor dem Nachbarhaus und ein junger Mann in brauner Arbeitskleidung stieg aus.

Offenbar hatte die alte Dame des Hauses ihn schon bemerkt und wartete an der Haustür auf ihn. Aufmerksam beobachtete sie den Mann und hielt schon ihre Tür auf. Nachdem er sein Equipment aus dem Wagen zusammengesucht hatte, begrüßten sich die beiden höflich. Kurz darauf verschwand er im Haus.

»Hast du das gesehen?«, fragte Claudette aufgeregt.

»Was denn? Den Handwerker? Ja, sowas soll's geben in Berlin«, scherzte er und schüttelte den Kopf.

»Du bist ja 'ne richtige Observierungskünstlerin.«

Kai lachte laut und war sichtlich amüsiert über Claudettes Beobachtungen.

»Vielleicht klingelt er auch bei ihm.«

»Ja das ist möglich. Alles, was wir dann wissen ist, ob der Kerl im Haus ist oder nicht. Das macht ihn nicht zum Täter und viel mehr ist das kein Beweis, um ihn festzunageln«, ergänzte Kai gelangweilt.

Claudette ließ sich von ihrem übelgelaunten Freund nicht erweichen und blickte weiter aufmerksam zum Haus.

Nach einiger Zeit wurde es lauter, als der Handwerker das Nachbarhaus verließ und sich bei der alten Frau zu bedanken schien.

Doch er lief nicht wie erwartet zum Caddy zurück, um sein Werkzeug zu verstauen, sondern steuerte gerade auf Gunnars Haus zu.

Hektisch boxte Claudette Kai in die Seite, als ihr Blick am Handwerker klebte.

»Er geht zu ihm!«

Kai beugte sich zum Lenkrad und beäugte den jungen Mann, der gerade am Haus ankam und klingelte.

Und tatsächlich, da war er. Gunnar Lehmann war zu Hause.

Die beiden Männer unterhielten sich einen Moment lang, als Gunnar begann aufgeregt mit dem Arm umherzuwedeln. Der Handwerker deutete auf sein Fahrzeug und zog kurz darauf einen schmalen Hefter aus seinem Eimer, den er ihm schließlich reichte.

Gunnar warf einen Blick auf das Papier und schüttelte erneut den Kopf, bevor er ihm den Hefter zurückgab und einen Schritt rückwärts machte, um die Tür zu schließen.

Der Handwerker wirkte überrascht und schaute sich kurz um, bevor er seine Utensilien nahm, und zurück zum Auto lief.

»Los! Frag ihn, was er wollte!«

Kai stieg aus dem Wagen und marschierte zuversichtlich zu dem Caddy.

Der junge Mann hatte gerade seine Werkzeuge verstaut, als er Kai entdeckte.

»Huch! Sie haben mich jetzt aber erschrocken.«

»Entschuldigung. Ich wollte das natürlich nicht. Mein Name ist Helmer von der Kripo Mitte«, sagte er fast ein bisschen arrogant und wies sich aus.

»Sie sind Schornsteinfeger?«, fragte Kai.

»Äh. Ja. Ich habe den Auftrag die Schornsteine in dieser Straße zu überprüfen. Wollen sie den Auftrag sehen?«

»Nein, schon gut. Gab es in dem Haus da drüben Probleme? Sie waren nicht drin, obwohl der Besitzer vor Ort ist.«

»Naja. Eigentlich wissen die Anwohner, dass ich heute vorbeikomme, aber dieser Mann lässt wohl keine Fremden in sein Haus. Da könne ja jeder kommen.«, erklärte er.

Kai nickte.

»Was wäre heute ihr Auftrag gewesen?«

»Ich sollte die Heizungsanlage auf ihre Funktionsfähigkeit überprüfen und dann hätte ich mit meiner Cam in den Schornstein geschaut. Dort gibt es oft Rußablagerungen, wissen sie?«

Der junge Mann deutete mit dem Zeigefinger auf den Inhalt des Wagens.

»Vielen Dank. Kommen sie nochmal wieder?«, wollte Kai wissen.

»Wahrscheinlich nicht. Mein Chef wird ihm die Anfahrt berechnen und das war´s. Solche Kunden haben wir oft. Die lassen dann auch beim nächsten Mal keinen rein.«

Kai bedankte sich und klopfte ihm auf die Schulter, als er zurück zum Auto lief.

KAPITEL 30

Zwei Tage hatte Anika das Bett nicht verlassen und es war ihr kaum möglich, seinen Forderungen noch Folge zu leisten. Nachdem verworrenem Franzosen-Frühstück war Gunnar einmal mehr ausgetickt. Seine Hemmschwelle verschob sich immer weiter, sodass seine Methoden, ihr Gehorsam beizubringen, allmählich verheerende Folgen nach sich zogen.

Dieses unverkennbare Muster, dass sein Verhalten urplötzlich umschlug, wenn seine Nettigkeiten keine Früchte trugen, manifestierte sich zu einer Routine. So als wolle er gar keine friedliche Zeit verbringen.

Schon zu oft hatte sich Anika gefragt, was ihm zugestoßen sein musste, dass er all das hier gewissenlos wiederholte. Er zeigte keinerlei Mitgefühl für eine lebensgefährliche Verletzung, die er ihr *versehentlich* zugefügt hatte. Das Brechen ihrer Rippen, konnte er nicht überhört haben. Dennoch war es Tage danach unübersehbar. Aber er interessierte sich dafür nicht. Womöglich hatten sich seine Eltern auch nicht für ihn interessiert, dachte sie.

Einen kleinen Augenblick lang sah sie sich, wie sie ihm die schwere Porzellantasse über den Schädel zog. Doch gerade wegen ihrer Rippenbrüche, wäre sie mit ihren einsvier-undsechzig unmöglich an seinen Kopf gekommen. Viel zu groß war der Größenunterschied der beiden.

Seit Wochen lief sie schief und nach vorn gekrümmt, weil ein stechender Schmerz durch ihren Körper schoss, wenn sie auch nur versuchte, sich gerade zu ziehen. Dennoch hatte sie eine der Tassen heimlich unter ihrem Kissen deponiert. Vielleicht würde sie sie beim nächsten Übergriff benutzen und ihn damit niederschlagen.

Zum wiederholten Male fragte sie sich, ob sie das nächste Mal überleben würde, denn es war unvorstellbar geworden, dass Bett zu verlassen.

»Die Menschen sind so dumm geworden«, schimpfte Gunnar, als er den Keller betrat.

»Du liegst ja schon wieder im Bett. Welcher Mensch liegt tagelang im Bett?«

Aufgewühlt lief er auf sie zu und zog die Bettdecke zurück.

»Naja wenigstens habe ich dich hier bei mir. Das versüßt mir meinen Tag.«

Anika zog ihre Knie zur Brust und bedeckte ihren Körper mit dem warmen Strickkleid.

»Heute zeige ich dir eine wichtige Lektion für's Leben. Du kannst mir später danken. Als Kind hat es mir geholfen, mit schwierigen

Situationen umzugehen. Und ich denke ein bisschen Fürsorge und Pflege wird dir guttun.«

Er kramte etwas aus seinem Jutebeutel und wedelte fast fröhlich damit umher.

Anika bewegte sich nicht.

Ein schrilles Summen ertönte, als er den Knopf des Gerätes gedrückt hatte und sogleich an ihrem Ärmel zog.

»Komm her!«

Gunnar riss an ihrem Kleid, bis sie schließlich in seine Arme glitt und dort feststeckte.

»Dein Haar riecht widerlich und ich kann es mir nicht leisten wegen dir den Kammerjäger kommen zu lassen.«

Noch während er sprach, fuhr er mit dem Gerät über ihren Kopf und ihr blondes, fettiges Haar krümelte zu Boden. Bahn für Bahn schob er den Rasierer in ihr dichtes Haar und reduzierte die Mähne auf nur wenige Millimeter.

Anika ließ diese grausame Prozedur über sich ergehen. Was war schon eine Glatze im Vergleich zu dem, was sie bisher ertragen musste.

Und wahrscheinlich gehörte diese primitive Aktion nicht einmal zu der Lektion, die sie lernen sollte.

Nach nur wenigen Minuten glich ihr Kopf einer glatten, kahlen Kugel. Gunnar schubste sie zurück auf das Kissen und wischte sich das schmutzige Haar von der Jeans.

»Wenn ich wiederkomme, hast du das aufgeräumt. In diesem Bett kann ja keiner mehr liegen!«

KAPITEL 31

Nach der illegalen aber spannungsreichen Observierung von Gunnar, kannte Kai den vollständigen Namen und machte sich an seinen Aktenstapel. Mühsam verglich er die damaligen Tatvorwürfe mit dem laufenden Fall.

Nicht alles ähnelte sich.

Es gab eine Leiche und eine Vermisste. Aus den alten Verhörprotokollen ging hervor, dass sich die Geschädigten freiwillig in sein Haus begeben hatten. Nichtsahnend endete das Date in seinem Haus, wo es zu den mutmaßlichen Übergriffen gekommen war.

Während des Prozesses hatte Gunnar immer wieder darauf hingewiesen, dass es sich um seine feste Freundin gehandelt hatte. Den Ärzten war es damit unmöglich gewesen, ein Sexualdelikt nachzuweisen. Die Geschädigte war erwiesenermaßen bei ihm ein und aus gegangen, was auch die Nachbarn im Zeugenstand zweifelsfrei bestätigten.

Zuversichtlich kämpfte er sich durch die Verhandlungsprotokolle und die Notizen, die er damals selbst gemacht hatte.

Er suchte nach dem einen, feinen Detail. Dieses kleine Indiz, was diesen Kerl zum Mörder machen würde.

*

Gegen Mitternacht wurde Kai wach, als er bemerkte, dass seine linke Gesichtshälfte mit den Verhörprotokollen verschmolzen war.

Da war er plötzlich!

Der Hinweis, den er gesucht hatte. Als Kai sich bei den stundenlangen Verhören gelangweilt hatte, hatte er Strichmenschen, fragwürdige Rechtecke oder 3D-Buchstaben auf die nicht nummerierten Zettel gekritzelt. Diese Blätter gehörten offiziell zwar nicht zur Akte, dennoch verblieben sie genau dort. Auf einem der Zettel fand sich ein mit Kugelschreiber skizziertes Herzchen.

„My love" war die Aufschrift.

Er pflückte sich das Blatt von der Wange und durchwühlte den Zettelsalat auf seinem Tisch. Woher wusste er damals von dem Anhänger. In den Protokollen wurde davon nichts erwähnt.

Wieder vergingen kostbare Minuten, als er sich mühsam durch die Akte las.

Noch bevor er die Zettelsammlung sortiert hatte und die Akte zuklappen wollte, bemerkte er einen alten Zeitungsartikel. In dem kurzen Bericht der Berliner Morgenpost sah man die Geschädigte bei der Befragung im Zeugenstuhl gestikulieren. Und da hing es – das Kettchen mit dem Herzanhänger. Zwar zweifelsohne nicht am Fußgelenk, aber es glitzerte doch recht auffällig an ihrem zarten Hankgelenk.

Auch sie hatte eins bekommen.

KAPITEL 32

Zwei voll besetzte Streifenwagen parkten vor Gunnars Haus und zwei weitere blockierten die Dahlienallee.

Nachdem Kai dem alten Weißborn die alte Akte und die Indizien präsentiert hatte, stimmte er einer Festnahme zu und telefonierte umgehend mit der Richterin.

Es bestand der dringende Tatverdacht einer laufenden Straftat und dies reichte für die vorläufige Festnahme und ein ausgiebiges Verhör auf der Dienststelle. Außerdem hatte Richterin Ammers eine Hausdurchsuchung genehmigt, weshalb Kai schon die Kollegen der Spurensicherung informiert hatte.

Endlich klingelte Kai an der Haustür und wartete mit zwei weiteren Beamten im Rücken.

Gunnar öffnete die Tür und murmelte etwas vor sich hin.

»Was wollen sie denn?«, plauzte er übellaunig heraus.

»Herr Lehmann, wir möchten sie bitten, uns auf die Dienststelle zu begleiten. Es besteht der hinreichende Tatverdacht, dass sie an dem Verschwinden von Anika Tischenberg und dem Mord an Sophia Baumgartner beteiligt sind.«

»Wie bitte? Ich bin all meinen Auflagen nachgekommen. Ich habe niemanden ermordet! Was haben sie denn gegen mich in der Hand?«

»Herr Lehmann, sie folgen mir jetzt bitte auf die Dienststelle. Alles Weitere besprechen wir vor Ort«, Kai deutete kurz auf einen der Streifenwagen.

»Die Kollegen werden jetzt ihr Haus durchsuchen. Hier wäre die gerichtliche Verfügung«, erklärte Kai, während er das Papier aus seiner Jackentasche zog und auseinanderfaltete.

Fast siegessicher hielt er ihm die Verfügung vor die Nase und trat einen Schritt zur Seite, damit die beiden Kollegen Zugang zum Haus bekamen.

»Was soll das? Sie können hier nicht einfach rein!«

»Doch das können wir. Und sie kommen jetzt mit!« Kai griff nach seinem Arm, doch Gunnar folgte ihm anstandslos in Richtung der Dienstfahrzeuge.

Noch während Kai ihm in den Streifenwagen verhalf, lauschte er beiläufig dem Funk und hoffte, die Kollegen aus dem Haus würden schon Alarm schlagen.

Tom, der ebenfalls vor Ort war, nickte Kai kurz zu, bevor er in den Wagen stieg und mit Gunnar und einer weiteren Streife davonfuhr.

Guten Mutes lief er zurück zum Haus und sah sich um.

Als er das alte Haus betrat, machte sich zunächst ein modriger Geruch in seiner Nase breit. Ähnlich wie in einem dieser Messihaushalte, deren Wohnungen man nach wochenlanger Arbeit noch immer nicht weitervermieten konnte, weil der Geruch inzwischen fester Bestandteil des Mauerwerks geworden war.

Ein rostiger, drahtiger Kleiderständer füllte die drei Quadratmeter, die den kleinen Flur ausmachten. Im benachbarten Wohnzimmer befand sich eine schäbige, befleckte Sofaecke, die ihre besten Jahre schon hinter sich hatte und direkt gegenüber stand eine dunkelbraune und rustikale Wohnwand. Wahrscheinlich hatte er die von seinen Großeltern übernommen. Im ganzen Haus waren die Wände vom Nikotin gelblich verfärbt und hätten längst einen Anstrich gebraucht.

*

Inzwischen liefen einige seiner Kollegen durch das Haus und suchten nach Anhaltspunkten und Beweisen.

»Hier ist was«, rief einer der Männer.

Kai folgte der Stimme und fand sich im Schlafzimmer wieder. Mit weißen Gummihandschuhen umhüllt, hielt der Mann eine geöffnete Pappschachtel in den Händen. Kai warf einen Blick hinein und fand eine Sammlung an Personalausweisen.

»Hat mal einer Handschuhe für mich?«, rief er und drehte sich zu den anderen.

Nachdem er sich die Handschuhe rasch übergezogen hatte, schnappte er sich die Ausweise und beäugte die Bilder. Es handelte sich um eine Reihe junger Frauen. Alle zwischen zwanzig und dreißig. Er blätterte sich durch den Stapel und suchte nach einem bekannten Namen.

»Anika Tischenberg!«

Da war sie. Sie musste hier gewesen sein. Oder sie war es noch.

Jetzt haben wir dich!, dachte er.

»Jungs? Kann mal einer für mich auf dem Revier anrufen? Der Kerl ist nicht nur vorläufig festgenommen, der darf jetzt bei uns wohnen«, rief er und packte die Ausweise sorgsam in einen verschließ-baren Klarsichtbeutel.

»Gibt´s hier einen Keller oder sowas?«

»Kai. Hier«, rief einer der Männer.

»Die Tür ist verriegelt, wie bei einem Sicherheitsbunker. Wir brauchen hier Unterstützung und anderes Equipment.«

Eine graue Metalltür mit zwei massiven Schlössern präsentierte sich den Beamten.

Kai wurde hektisch und hämmerte gegen die Tür.

»Hier ist die Polizei. Ist da Jemand drin?«, rief er und horchte an der Tür.

Es war nichts zu hören.

Er wiederholte dieses Vorgehen noch einige Male, als endlich zwei Beamte mit schweren Koffern vorrückten.

Kai schnappte nach seinem Handy und ging nach Draußen.

»Claudette?«

»Ja. Was ist los? Ich habe gleich eine Therapiesitzung.«

»Du hattest recht. Er ist es.«

»Gunnar Lehmann?« fragte sie fast überrascht.

»Ja. Wir haben in seinem Haus den Personalausweis der Vermissten gefunden.«

»Ihr müsst vorsichtig sein. In ihm stecken verschiedene Identitäten. Eine Vernehmung wird wahrscheinlich nicht viel bringen. Er wird es abstreiten, weil er sich nicht erinnern kann.«

»Ja ich weiß. Er wird gerade zur Dienststelle gebracht. Ich kümmere mich später darum. Vielleicht kannst du bei der Vernehmung dabei sein?«, wollte er wissen und hörte die Kollegen aus dem Haus rufen.

»Claudi, ich muss dich zurückrufen.« Er drückte sie weg und sprintete zu der Kellertür, die nun offenstand.

Ein blaues Zimmer, ausgestattet mit Küche, Schlafecke und Sanitärbereich untermauerten seine Befürchtungen. Ein bestialischer Geruch strömte aus dem Zimmer, als sich einer der Beamten kurzerhand im Treppenbereich übergab.

Mit einem Satz hechtete er zum Bett und fand einen blassen, weiblichen Körper übersät mit schwersten Verletzungen.

»Ruft die Rettungsstelle! Sofort!«, rief er und tastete nach dem Puls.

»Sie lebt noch. Der Puls ist schwach. Wir brauchen Decken und Flüssigkeit.«

Kai musterte Anika, die regungslos vor ihm lag.

»Mein Gott, was hat er bloß gemacht!«

KAPITEL 33

»Das Foto aus einer Zeitung hat dir zum Täter verholfen? Das musst du mir erklären«, fragte Claudette ungläubig, und huschte hinter ihrem Schreibtisch hervor. Kai hatte gut duftende Assietten vom Griechen mitgebracht und nahm auf ihrem Klientensofa Platz.

»Was habt ihr gefunden? Ich möchte alles wissen«, fragte sie mit weit aufgerissenen Augen und stierte ihn wissbegierig an.

»Ich hatte angenommen, dass du als seine Therapeutin bereits im Bilde bist.«

»Nun, ich wurde über seine Verhaftung informiert und werde bei der Vernehmung in zwei Tagen dabei sein. Die Details muss ich mir noch anschauen. Wahrscheinlich fahre ich morgen mal rein.«

Kai reichte ihr eine der Aluschalen und löffelte zufrieden seine rot verfärbten Kritharaki.

»Die Beweislage ist mehr als ausreichend. Wir haben Personalausweise von zahlreichen Frauen sichergestellt. Wohlmöglich weitere Opfer. Und die vermisste Tischenbach hielt er bereits mehr als sechs Wochen in seinem Keller fest. Sie ist noch nicht vernehmungsfähig und ihr Zustand ist kritisch. Aber wir haben ihn.«

Claudette hörte ihm aufmerksam zu und schmunzelte über seine seltene, heitere Stimmung.

»Hat Herr Lehmann sich schon zu den Tatvorwürfen geäußert?«, wollte sie wissen.

»Der Spinner weiß angeblich von nichts und stellt sich unwissend.«

»Das habe ich mir gedacht. Nicht alle seiner Identitäten wissen von seinem düsteren Ich. Das ist ein nicht unüblicher Schutzmechanismus bei dieser Persönlichkeitsstörung.«

»Ich habe es gewusst. Diese *Krankheit* erspart ihm jetzt den Knast!«, ärgerte sich Kai mit vollem Mund und schüttelte den Kopf.

»Wahrscheinlich hast du recht, aber diese Krankheit resultiert aus schwerwiegenden, gewaltsamen Erlebnissen in der Kindheit, die er sich nicht aussuchen konnte. Er wird in der Klinik ähnlich isoliert sein. Aber er kann niemandem mehr schaden«, erklärte sie ihm.

»Bloß gut, dass wir ihn observiert haben.« Lachend zwinkerte sie ihm zu.

KAPITEL 34

»Bitte erheben sie sich zur Urteilsverkündung«, sagte die Richterin und las von einem Zettel ab.

»Der Angeklagte Gunnar Lehmann ist schuldig des vorsätzlichen Mordes an Sophia Baumgartner, Thea Zimmermann und Nicole Graupner, sowie des versuchten Totschlags in Tateinheit mit vorsätzlicher, schwerer Körperverletzung, sexuellen Missbrauchs, Freiheitsentzug sowie der unerlaubten Anwendung von Betäubungsmitteln in nicht geringen Mengen bei mindestens vier Fällen. Das Gericht ordnet die Unterbringung in der psychiatrisch-forensischen

Klinik in Berlin-Mitte an. Eine frühzeitige Entlassung oder Strafaussetzung ist aufgrund der Schwere der Taten unzulässig. Der Angeklagte wird mit sofortiger Wirkung und unverzüglich nach der Urteilsverkündung in die psychiatrische Einrichtung verbracht.«

Richterin Ammers schloss den Fall und legte das Papier auf ihrem Pult ab. Sie bedankte sich, verabschiedete die Anwesenden und verschwand schließlich aus dem Saal.

Autorin

Nach ihrem Debütroman "Das Jahr ohne Sonne" startet die Autoren mit einem Psychokracher in das neue Jahr.

Geboren 1984, lebt die Autorin Denise Hunold in Halle an der Saale. Tagsüber arbeitet sie als Assistentin in einem Krankenhaus, während sie nach der Arbeit ihrer Leidenschaft als Schriftstellerin nachgeht.

Schon mit zwölf Jahren schrieb sie eigene Liebesromane mit der Schreibmaschine ihrer Großeltern und reichte sie in ihrer Familie zum Lesen weiter.

Heute veröffentlicht sie ihre Romane selbst und für Jedermann zugänglich.

MIX
Papier aus verantwortungsvollen Quellen
Paper from responsible sources
FSC® C105338

FSC
www.fsc.org